KB112594

짧은 소설 스무 편

스무 낮 읽고
스무 밤 느끼다

1판 1쇄 인쇄   2024년 8월 1일
1판 1쇄 발행   2024년 8월 5일

지은이   박완서·정이현·이기호·김숨·이승우·김금희
         손보미·백수린·정지돈·박서련·최정화·김초엽
         조해진·최은영·문진영·김혜진·정용준·이주란·이유리

펴낸이   정은숙
펴낸곳   마음산책

담당 편집   성혜현
담당 디자인   오세라
담당 마케팅   권혁준·김은비
경영지원   박지혜

등록   2000년 7월 28일(제2000-000237호)
주소   (우 04043) 서울시 마포구 잔다리로3안길 20
전화   대표 | 362-1452 편집 | 362-1451 팩스 | 362-1455
홈페이지   www.maumsan.com
블로그   blog.naver.com/maumsanchaek
트위터   twitter.com/maumsanchaek
페이스북   facebook.com/maumsan
인스타그램   instagram.com/maumsanchaek
전자우편   maum@maumsan.com

ISBN   978-89-6090-892-5 03810

* 책값은 뒤표지에 있습니다.

스무 낮 읽고
스무 밤 느끼다

짧은 소설 스무 편

스무 낮 읽고 스무 밤 느끼다

박완서
정이현
이기호
김숨
이승우
김금희
손보미
백수린
정지돈
박서련
최정화
김초엽
조해진
최은영
문진영
김혜진
정용준
이주란
이유리

마음산책

차례

박완서　　　세 가지 소원 6

정이현　　　또다시 크리스마스 18

이기호　　　미드나잇 하이웨이 30

김숨　　　　응시 36

이승우　　　기이한 중독 62

김금희　　　춤을 추며 말없이 72

손보미　　　고양이 도둑 96

백수린　　　봄날의 동물원 104

정지돈　　　어느 서평가의 최후 120

박서련　　　거의 영원에 가까운 장국영의 전성시대 128

최정화　　　입　154

김초엽　　　늪지의 소년　160

조해진　　　귀환　182

최은영　　　데비 챙　200

이기호　　　휴게소 해후　224

문진영　　　햇빛 마중　232

김혜진　　　극락조　242

정용준　　　돌멩이　256

이주란　　　우리 소미　274

이유리　　　가꾸는 이의 즐거움　288

짧은 소설　스무 권
작가의 말　304

박완서　　　　　　　　세 가지 소원

용구는 올해 중학생이 됩니다. 하루 빨리 어린이 취급을 면하고 싶지만 엄마 아빠는 물론 고등학생 누나까지 중학생만 되어봐라, 지금처럼 놀게 내버려두지 않을 테니 각오 단단히 하란 공갈협박을 시도 때도 없이 하니 중학교는 입학식도 하기 전에 정이 떨어진 지 오래입니다.

그래도 용구는 엄마 아빠의 아들인 게 참 다행스럽습니다. 용구 반 아이들이 거의 다 육 학년 이 학기부터 중학교 교과서로 과외 공부를 하는 걸 보면서 느낀 용구의 생각입니다. 어떤 아이는 용구네가 가난하지도 않은데 중학교 공부를 미리 안 시키는 게 이상한지, 너 혹시 얻어 온 아들 아니냐 하고 놀리기까지 하더군요. 용구는 그런 소리에 화낼 아이가 아닙니다. 용구는 자기가 얼마나 아빠 얼굴을 빼다 박았는지 알고 있고, 엄마 배 속에서 나온 것도 의심한 적이 없습니다. 왜냐하면 엄마한테 폭 안겼을 때 그 따습고 편안한 느낌이 엄마 배 속에 있었을 적의 기억을 생생하게 불러일으켰으니까요.

아직까지 뭘 강요한 적이 없는 엄마 아빠지만 용구가 중학생이 된다니까 생각이 좀 달라지신 모양입니다. 지난 크리스마스엔 꼭 판공성사를 받으라고 야단이시지 뭡니까. 그전엔 용구가 성사 받는 걸 너무 싫어하는 걸 아시고는 스스로 우러나서 할 때까지 기다리실 눈치였습니다. 용구가 착한 아이고 실수는 자주 하지만 타이르면 알아듣는 보통 아이라는 걸 알고 계셨기 때문일 겁니다. 그런데 이번엔 달랐습니다.

엄마는

"이제 곧 내년이고, 내년이면 넌 중학생이 된다. 중학생이 되면 뭐가 달라지느냐 하면 엄마가 더는 네 응석을 받아주지 않을 테다. 그건 아마 예수님도 마찬가질걸."

아빠는 더 무섭게 말씀하십니다. "원래 몸에 좋은 약은 입에 쓴 법이다. 꼭 해야 할 일을 하기 싫다고 피하는 게 아니다."

· **박완서**

결국 용구는 정해진 날 성사를 받으러 갔습니다. 고백소 앞에는 용구 또래의 아이들이 길게 줄을 서 있습니다. 용구는 좀 두렵기도 하거니와, 고백할 잘못도 없는데 거기 줄 서 있다는 게 약이 올라 무엇을 잘못했는지 돌이켜 볼 새가 없었습니다.

어느 틈에 제 차례가 되어 고백소에 들어서니 준비 없이 들어왔다는 두려움 때문에 도망치고 싶습니다. 그런데 어디선가 신부님의 음성이 들리지 뭡니까. 자세히는 못 알아들었지만 어서 고백을 하라는 말씀처럼 들려서 황급히 무릎을 꿇었습니다. 그리고 당장의 불만을 말했습니다.

"저요, 제 잘못은요, 고백성사하는 걸 싫어하는 겁니다. 왜 해야 되는지 모르겠습니다. 죄 지은 생각은 안 나고, 조그만 실수는 맨날맨날 저지르지만 고백한다고 다시는 안 저지를 자신도 없는데요."

"맨날맨날 세수는 왜 합니까. 곧 다시 더러워질 텐데."

신부님의 음성입니다. 보속은 이 해가 가기 전에 좋은 일을 세 번 하라는 거였습니다. 이상한 일이었습니다. 세 번 좋은 일 하는 건 나중이고, 성사를 보고 나니까 마음이 정말로 세수를 하고 난 것처럼 개운해지지 뭡니까. 마음에도 얼굴이 있나 봅니다.

먼저 성사를 본 앞집에 사는 진수가 기다려줘서 같이 집으로 돌아오면서 용구는 친구는 무엇을 보속으로 받았는지 물어보았더니 묵주기도 바치는 거라고 하더군요. 용구는 묵주기도도 싫어했기 때문에 자기 보속이 가볍다고 생각하며 좋아했습니다. 그러나 좋아한 것도 잠깐, 좋은 일을 한 번도 아니고 세 번씩이나 할 자신이 없었습니다.

집에서 하는 좋은 일은 다 누나 차지였습니다. 누나는 공부를 잘해서 엄마 아빠를 늘 기쁘게 해드릴 뿐 아니라 엄마의 설거지 도와주기, 피곤한 아빠의 어깨 주물러드리기 등 좋은 일은 다 독차지하고 있으니까요. 또 전철 타고 가야 하는 할머니 댁에 심부름 가는

박완서

일도 누나의 몫이었는데 누나는 시키는 심부름만 하는 게 아니라 가서 할머니를 즐겁게 해드리는 데도 특별한 재주가 있나 봅니다.

누나가 다녀오고 나면 꼭 할머니한테서 전화가 옵니다. 용숙이 재롱 때문에 얼마나 웃었는지 십 년은 젊어졌다나요. 재롱이라니, 할머니는 누나가 아직도 세 살 먹은 어린애인 줄 아시나 봅니다. 이래 놓으니 용구가 할 좋은 일이 어디 남아 있겠습니까.

용구가 진수에게 이런 고민을 털어놓았더니 진수 말이 "집에 없는 걸 집 안에서 찾으면 어떡하냐? 이 바보야. 집 밖에서 찾아야지."

그렇게 핀잔을 주면서 아주 쉬운 방법을 가르쳐줍니다. 우리 동네 전철역 계단에 가난하고 불쌍해 보이는 사람이 셋씩이나 앉아서 소쿠리를 앞에 놓고 구걸하는 걸 너도 봤을 거다, 엄마한테 돈을 삼천 원만 달래서 천 원씩 소쿠리에 넣고 오면 좋은 일 세 번을 한꺼번에 하는 게 된다고요. 진수는 용구보다 공부도 잘

하니까 머리가 그만큼 좋은가 봅니다.

용구는 뛸 듯이 기뻐하며 즉시 엄마한테 달려가서 삼천 원만 달라고 당당하게 요구합니다. 좋은 일에 쓸 거니까요. 그러나 용구가 삼천 원을 어디다 쓰려고 하는지 안 엄마는 그건 좋은 일이 아니라는 겁니다.

"너는 아무런 수고도 안 하고 엄마한테 돈 달란 것밖에 없는데 그게 어떻게 좋은 일을 했다고 할 수가 있겠니."

"난 돈을 벌 수 없는 어린이니까 할 수 없잖아?"

"그러니까 돈 안 드는 좋은 일을 생각해봐야지. 쉽게 하려고 하니까 돈으로 때우려는 생각 먼저 하게 되는 거란다."

"시이, 좋은 일은 다 누나한테만 시키면서…… 엄마가 안 시키는데 내가 무슨 수로 좋은 일을 만들어내."

"참 너희 엄마 못됐구나. 자식한테 좋은 일도 안 시키고. 그럼 한번 좋으신 성모님한테 부탁해보렴. 좋은 일 좀 하게 도와주세요, 하고."

박완서

엄마의 그 말씀이 용구에게 솔깃하게 들렸습니다. 판공성사도 했겠다 성모님께도 꿀릴 게 없으니 그 정도의 부탁은 해도 되겠지. 그래서 성모님, 성모님, 좋은 일 하나만, 아니 한꺼번에 세 개만 하게 해주세요. 이렇게 빌다가, 좋은 일 나와라, 뚝딱. 어리광도 부렸다가 온종일 중얼거리면서 다녔습니다. 그때 누나가 난처한 얼굴로 제 방에서 나오더니 막 짜증을 부리면서 엄마에게 말했습니다.

"할머니가 내일모레 컴퓨터 실기시험을 보신다고 나보고 좀 와보래. 나도 내일부터 시험인데 할머니가 날 쉽게 놔주시겠어? 할머니도 참 주책이야. 지금 컴퓨터 실기시험을 봐서 합격을 하면 도대체 어디다 써먹으시겠다는 거야. 엄마 나 어떡하지? 미치겠어."

"심심하다고 구민회관으로 컴퓨터를 배우러 다니신다더니 그냥 취미로 배우시는 게 아닌가? 시험까지 보시게. 너한테도 이번 시험은 중요한 시험인데 어쩐다니."

엄마도 난처한 얼굴입니다. 이 집에서 컴퓨터 도사는 누나보다는 용구입니다. 할머니가 그걸 몰라보시다니, 용구는 그게 섭섭했지만 누나를 도와주고 싶습니다. 그게 누나에게 좋은 일이다 싶으면서 번개처럼 성모님이 기도를 들어주셨다는 확신 같은 게 생겼습니다. 대신 가기를 자청하니까 온 집안 식구가 대환영입니다. 누나는 너무 좋아 용구를 얼싸안고 펄쩍펄쩍 뜁니다.

할머니가 누나를 대신한 용구를 안 반기면 어떡하나 걱정한 것과는 달리 대환영입니다. 아이고, 내 새끼 이게 얼마 만이냐고 반기신 후에는 당신 자랑부터 하십니다. 구민회관에서 하는 컴퓨터 교실에서는 실기시험에 앞서 필기시험을 먼저 봤는데 할머니는 거뜬히 합격을 하셨고, 합격자 중에서도 최고령이라고 합니다. 사람들이 그 연세에 어떻게 그 어려운 시험을 재수도 안 하고 단박에 합격했느냐고 부러워하고 축하도 해주고 야단법석이랍니다.

아빠가 할머니의 막내고 용구가 또 아빠의 막내이기 때문에 딴 애들 할머니보다 많이 늙으셨습니다. 그런 노인네가 컴퓨터를 배워서 어디다 쓰실지 모르지만 시험에 붙고 싶어 하시는 거나 시험을 겁내시는 거나 아이들하고 하나도 다를 게 없습니다.

할머니가 실기시험을 잘 치시고 싶어 아무리 연습해도 안 되는 게 있는데 그건 한글을 치는데도 자꾸만 영어가 나오니 고물 컴퓨터 하나 얻은 게 고장이 난 것 같다는 거였습니다.

용구는 그 까닭을 단박에 알아냈습니다. 할머니는 배운 대로 양손을 다 써서 자판을 누르는 것까지는 좋은데 왼손보다 오른손을 약간 빠르게 눌러서 자음보다 모음을 먼저 치게 되어 그렇게 되는 거였습니다.

할머니는 사람은 원래 오른손이 빠르게 돼 있는데 왜 자판을 그 따위로 설계했는지 모른다고 기계 탓을 하십니다. 그래서 용구는 그건 기계 잘못이 아니라 자음을 왼쪽에 있게 만든 세종대왕 잘못이라고 했더니 세종대왕이 잘못을 저질렀을 리가 없다며 열심히 왼쪽 먼저 나가는 연습을 하셨습니다.

용구는 참을성 있게 할머니가 오른손보다 왼손을 먼저 칠 수 있도록 도와드렸습니다. 간발의 차이니까 할머니는 곧 익숙해졌습니다. 할머니는 오랫동안 지켜봐주고 가르쳐준 용구를 몇 번이나 칭찬하고 기특해하면서 가다가 뭐 사 먹으라고 돈을 삼천 원이나 주셨습니다.

오다가 보니 전철역 계단에 불쌍한 사람은 한 사람밖에 없었습니다. 용구는 그 사람 앞에 놓인 동전밖에 없는 소쿠리에 삼천 원을 다 넣어줄까 하다가 천 원은 군것질하려고 남기고 이천 원을 넣어주었습니다. 그러고 나서 비로소 성모님이 세 가지 소원을 다 이루어주셨다는 걸 깨달았습니다.

박완서

박완서

1931년 경기 개풍에서 태어났다. 1950년 서울대 국문과에 입학했으나 한국전쟁으로 중퇴하였다. 1970년 마흔이 되던 해에 〈여성동아〉 장편소설 공모에 『나목』이 당선되어 등단하였다. 소설집으로 『부끄러움을 가르칩니다』 『엄마의 말뚝』 『저문 날의 삽화』 『너무도 쓸쓸한 당신』 등이 있고, 장편소설로 『휘청거리는 오후』 『그대 아직도 꿈꾸고 있는가』 『그 많던 싱아는 누가 다 먹었을까』 『그 산이 정말 거기 있었을까』 『아주 오래된 농담』 등이 있으며, 산문집으로는 『꼴찌에게 보내는 갈채』 『못 가본 길이 아름답다』 『세상에 예쁜 것』 등이 있다. 2011년 여든에 암으로 세상을 떠났다.

정이현   또다시 크리스마스 그때 우리는 서울의 남서쪽에 살았다. 크리스마스는 특별하지 않았다. 물론 어머니나 아버지가 그렇게 말한 적은 없었다. 그것은 구태여 강조할 필요조차 없는 일이었다. 여섯 아이를 먹여 살리느라 정신이 없었던 그들은 거의 매일 늦게까지 일했고 크리스마스이브도 다르지 않았다. 크리스마스이브에 우리들은 텔레비전의 특집 프로그램을 틀어놓은 채, 김치찌개나 된장찌개를 데워 멸치볶음과 무말랭이, 콩나물무침 같은 반찬으로 저녁을 먹었다.

정사각형의 포마이카 밥상은 행주질을 하고 나면 공부 책상이 되었다. 저녁이면 네 살 위의 은영 언니와 거기 머리를 맞대고 앉았다. 내가 몇 권 안 되는 동화책을 반복해 읽는 동안 은영 언니는 만화를 그렸다. 언니가 그리는 그림에는 공주들만 나왔다. 언니는 주로 분홍색과 노란색, 가끔 빨간색의 색연필을 사용해 레이스가 층층 달린 드레스를 꼼꼼하게 칠했다. 기분이 좋으면 가위로 공주 자매들 중 하나를 오려 내게 주기도 했다. 가장 예쁘게 생긴 공주는 자기가 가졌다. 나는 그것이 당연하다고 생각했다. 금색과 은색이 들어 있는 색연필 세트가 있다면 더 예쁜 공주를 그릴 수 있을 텐데. 언니는 아쉬워했지만 자주 그런 것은 아니었다. 불가능한 것을 일찌감치 단념하는 데에 우리는 모두 익숙해져 있었다.

산타가 큰 양말 속에 선물을 두고 간다는 사실은 알고 있었다. 집에서 가장 큰 양말은 아버지의 것이었는데 오래 신어 발바닥 부분이 날깃날깃 닳은 그 양말 속에 선물 상자가 들어 있는 모습이 상상되지 않았다. 그렇지만 잠들기 전에 조금쯤 두근두근하지 않았다면 거짓말이다. 자고 일어나서 머리맡에 선물이 있었던 기억은 없다. 적어도, 그 집에 사는 동안은 그랬다. 선물을 받은 아이는 막내 준이만이 유일했다. 부모가 나머지 아이들보다 준이를 특별히 더 사랑해서였다고는 생각하지 않는다. 그들은 그것이 나름의 공정한 방법이라고 믿었을 것이다. 준이만이 둘 사이에서 태어난 아이이기 때문에? 아니다. 그 애가 가장 어렸고, 그 애만이 아팠기 때문이다.

서툰 솜씨의 포장을 벗기자 털실 재질의 장갑과 목도리가 나왔다. 한 점의 티끌도 섞이지 않은 완전무결한 하얀색으로 보였다. 은영 언니가 준이의 손에 장갑을 끼우고 목도리를 칭칭 둘러주었다. 준이가 좋은지 입을 크게 벌리고 벙싯거렸다. 준이는 세 돌이 지났지만 걷지 못했다. 할 수 있는 말도 몇 마디 없었다. 그 애가 장갑과 목도리로 무장하고 집 밖에 나갈 일은 그 겨울 내내 한 번도 없을 것 같았다.

크리스마스는 부모에게 모처럼의 휴일이었다. 그들은 늦게까지 잤다. 은영 언니가 멸치 우린 물에 감자를 썰어 넣어 국을 끓였다. 밥상에는 어제와 같은 반찬들과, 여섯 개의 계란프라이가 올라왔다. 크리스마스잖아. 언니가 나에게만 들리도록 속삭였다. 좀 부끄러워하는 표정이었다. 계란프라이의 노른자는 완벽하게 봉긋했고 감잣국은 보드라웠다. 오빠들이 밥 한

그릇을 뚝딱 먹어치웠다. 언니는 그때 열두 살이었다. 그 후로 오랫동안, 예기치 못한 곳에서 계란프라이를 먹게 될 때면 나는 그날을 떠올렸다.

텔레비전의 성탄 특선 영화는 〈나 홀로 집에〉였다. 우와, 개봉한 지 얼마 안 된 건데. 큰오빠가 말했다. 둘도 없는 행운이라는 투였다. 크나큰 행운만큼 기쁜 크리스마스 선물은 없었다. 우리들은 옹기종기 모여 앉아 영화를 보았다. 도둑들이 공중에 붕 떴다 벌러덩 자빠지는 장면에서 다들 눈물이 날 만큼 깔깔 웃었다. 영화가 끝나고 머릿수만큼 귤을 나누어 준 것도 은영 언니였다.

다음 해 크리스마스에는 은영 언니가 없었다. 어머니와 아버지는 가을이 되기 전에 헤어졌다. 어머니를 따라왔던 아이들은 어머니를 따라 떠났고, 아버지를 따라왔던 아이들은 아버지를 따라 그 집에 남았다. 은영 언니는 떠났고, 나는 남았다. 준이는 큰오빠 등에 업혀서 갔다. 아직 더운 날이라 소매 없는 티셔츠에

정이현

반바지를 입었다. 반바지 아래 드러난 준이의 두 다리가 나뭇가지처럼 앙상했다. 언니가 나를 끌어안고 흐느껴 울었다. 보러 올게, 꼭 보러 올게. 언니는 운동화 상자를 남기고 갔다. 우리들이 같이 보낸 크리스마스가 세 번이었나, 네 번이었나. 그런 것은 중요하지 않았다. 그들이 떠난 집은 휑했다. 작은 방 세 개가 다닥다닥 붙은 집인데도 그랬다. 내가 끓인 감잣국은 언니가 한 것 같은 맛이 나지 않았다. 언니가 두고 간 운동화 상자에는 공주 종이 인형들이 수북했다. 언니가 그린 공주들은 하나같이 어깨에 닿는 구불구불한 머리칼에 리본을 달고 있었다. 쌍둥이처럼 닮은꼴이었다. 다 합치면 백 쌍둥이는 될 것 같았다. 백 쌍의 자매들이 모두 다 함께 있으라고, 나는 종이 인형들을 상자에 도로 집어넣었다.

김치를 가져다 주러 온 친척 아주머니는 애들만 불쌍하지, 라고 혀를 찼다. 또 다른 친척 아주머니는 차라리 잘된 일이라고 말했다. 남남끼린데 식구랍시고 한집에서 크다 보면 별별 일이 다 일어나지 않았겠느냐고도 했다. 맞다, 남인데. 혀를 차던 아주머니가 맞장구쳤다. 나는 그녀들이 가져온 김치를 먹지 않았다. 그 뒤로 언니의 소식은 들은 적이 없었다. 은영 언니와 그녀의 남자 형제들에 대해, 준이에 대해, 어머니에 대해 입 밖에 내는 건 아무도 정해주지 않은 집안의 금기였다.

아버지는 얼마 뒤 한 번 더 결혼을 했다. 아이 없이 이혼했다는, 아버지보다 열 살 젊은 여자였는데 우리 집에 육 개월쯤 있다 갔다. 내가 어떻게 해도 애들이 마음을 열지 않아요. 나, 나쁜 사람 아닌데. 그녀가 나쁜 사람이 아닌 것도, 내가 마음을 열지 않은 것도 사실이었다. 살다 보면 누구의 잘못이랄 수도 없는 일들이 일어난다. 아버지도 알았겠지만 아무 말도 하지 않았다. 다만 그는 이따금씩 깊은 한숨을 내쉬었고 술을 자주 마셨다. 지나고 보면 이십 년은 어마어마하게 긴 시간이 아니다. 그동안 아버지의 건강을 서서히 파괴

정이현

해나간 것이 한숨이었을까, 술이었을까. 간암 말기 판정을 받은 아버지는 서울 북동쪽의 대학병원에 입원했다. 이십 년 사이 우리는 이 도시의 끝과 끝으로 이사를 했다. 아버지는 채 두어 달을 버티지 못하고 눈을 감았다. 성긴 눈발이 희끗희끗 날리는 날이었다.

병원 부설 장례식장에 빈소가 차려졌다. 소박한 빈소였다. 상주 이름을 올리는데 오빠가 머뭇거렸다. 왜, 라고 하려다 말고 나는 말을 멈추었다. 그래도 써야겠지? 오빠가 물었다. 나는 천천히 대답했다. 그래야지. 오빠하고도 그 시절의 이야기를 한 번도 한 적 없었다. 아들 영호, 영준, 딸 영선. 단 일 초도 망설이지 않은 사람처럼 오빠가 쓱쓱 그렇게 썼다. 조문객은 많지 않았다. 영호 오빠는 작은 회사의 신입 사원이었고 나는 더 작은 회사의 계약직이었다. 아이고 한산해도 너무 한산하네. 친척 아주머니가 어깨에 쌓인 눈발을 털어내며 들어서자마자 외쳤다. 그러게, 니들이 진즉 결혼이라도 좀 해두지 그랬냐. 또 다른 친척 아주머니가 혀 차는 소리를 냈다. 그녀들은 우리 집을, 혀 찰 일이 끊이지 않는 집이라고 여기는 게 분명했다. 대놓고 혀를 차도 되는 집, 이라고 말이다.

첫날 밤 열 시가 지나자 손님이 아예 끊겼다. 눈발이 점점 굵어지고 있다고 했다. 장례식장 안에는 창문이 없으니 아무것도 알 수 없었다. 오빠와 나는 그저 덤덤히 빈소를 지켰다. 난방이 들어오는지 엉덩이를 대고 앉은 바닥이 적당히 따뜻했다. 좀 눕고 싶다고 생각했다. 그때껏 나는 한 방울의 눈물도 흘리지 않았다. 나는 아무도 없는 곳에 누워서만 울 수 있는 어른이 됐다. 그때 누군가 빈소로 들어서는 기척이 느껴졌다. 나는 반사적으로 몸을 일으켰다. 손님은 여자와 남자였다. 남자는 휠체어에 탔고 여자가 그것을 밀고 들어왔다. 처음에, 얼굴을 보기 전에 나는 그들이 평범한 조문객인 줄로만 알았다.

영정 사진 앞에 두 손을 모으고 여자는 조심스럽게 절을 했다. 여자가 절을 하는 동안, 휠체어의 남자는

정이현

고개를 숙이고 있었다. 이윽고 그들이 오빠와 내 쪽으로 몸을 돌렸다. 여자는 임신부인 듯 둥글게 배가 나왔고, 남자는 아직 앳된 얼굴이었다. 어, 어. 오빠가 말을 더듬었다. 나는 눈만 끔뻑거렸다. 여자가 말했다. 나, 누군지 알겠니? 나는 두 손으로 홧홧한 눈가를 문질렀다. 내가 아주 오래전부터 이 순간을 기다려왔음을 알았다.

준이는 여전히 걷지 못했다. 그 애가 구사할 수 있는 단어는 오십여 개쯤 되는 것 같았다. 의사소통하는 데 크게 어려움은 없어. 은영 언니가 알려주었다. 언니는 병에 든 사이다를 종이컵에 따라 준이의 손에 쥐여주었다. 접객실엔 우리 넷뿐이었다. 미안해. 언니가 사과했다. 그렇게 말할 때 언니는 내 눈과 마주치지 못했다. 꼭 한번 보러 오려고 했었는데. 언니는 마지막 약속을 잊지 않고 있었다.

내 시선이 잠시 그녀의 배에 머물렀다. 그녀가 둥그런 배에 한 손을 가져다 대며 쑥스럽게 미소 지었다.

삼 개월쯤 남았어, 아기 낳으면 보러 와, 봄에. 나는 고개를 끄덕였다. 나는 준이가 남긴 사이다를 한 모금 마셨다. 미지근한 액체가 흘러 들어갔는데 이상하게 속이 뜨듯해졌다. 요즘도 공주를 그리느냐고, 이제는 금빛과 은빛 색연필을 샀느냐고 묻지 못했다. 언니처럼 계란프라이의 노른자를 예쁘게 만드는 사람은 보지 못했다고, 언니의 공주들이 아직도 서랍 속에 들어 있다고 고백하지 못했다.

은영 언니와 오빠와 내가 준이를 부축하여 휠체어에 앉혔다. 준이가 언젠가와 똑같은 표정으로 입을 크게 벌리고 웃었다. 장례식장에 들어와서 처음 나는 지상으로 올라갔다. 캄캄한 세상에 눈이 펑펑 내리고 있었다. 길이 미끄러울 텐데. 현관 앞에서 나는 겨우 말했다. 괜찮아. 언니가 대답했다. 조금만 걸으면 지하철역인데 뭐. 막차 충분히 탈 수 있어. 준이의 휠체어를 굴리며 은영 언니가 눈 속으로 나아갔다. 그들이 보이지 않을 때까지 나는 그 자리에 서 있었다. 마침

정이현

내 그들이 시야에서 사라졌을 때 나는 약간 주춤거리며 허공을 향해 손을 내밀었다. 눈송이가 하나, 둘, 셋, 넷, 메마른 손바닥 위에 툭, 툭, 툭, 툭 떨어졌다.

금방 크리스마스네. 새삼 깨달았다는 듯 나는 입속으로 가만히 중얼거렸다.

정이현

2002년 〈문학과사회〉 신인상을 받으며 작품 활동을 시작했다. 소설집 『낭만적 사랑과 사회』 『오늘의 거짓말』 『상냥한 폭력의 시대』, 중편소설 『알지 못하는 모든 신들에게』, 장편소설 『달콤한 나의 도시』 『너는 모른다』 『사랑의 기초: 연인들』 『안녕, 내 모든 것』, 산문집 『풍선』 『작별』 『우리가 녹는 온도』 등을 냈다.

이기호   미드나잇 하이웨이

그래, 아버지 산소까지 갈 필요도 없다. 여기가, 여기가 오히려 더 적당하다. 나는 깜빡이를 넣고 핸들을 오른쪽으로 틀면서 그렇게 생각했다. 새벽 세 시 반. 경부고속도로 하행선 신탄진 방면 '졸음 쉼터'엔 정차한 트럭 한 대, 가로등 하나 보이지 않았다. 성의 없이 만든 나무 모형 벤치 하나가 어둠 속에 쓸쓸하게 웅크리고 있을 뿐이었다.

나는 차창을 한 번 내렸다가 다시 끝까지 올렸다. 시간을 끌 필요는 없었다. 더 이상 후회도 미련도 없었다. 생각하면 생각할수록 고통만 더 커질 뿐. 나는 조수석 위에 놓인 검정 비닐봉지에서 투명테이프를 꺼내 들었다. 그것으로 차 문 유리창 끝부분을 촘촘하게 막았다. 한 번으로 안심되지 않아 두 번 세 번 겹쳐 붙였다. 그것만으로도 차 안 공기는 이전보다 더 농밀해진 느낌이었다. 이제 남은 것은 화덕에 번개탄을 넣고 불을 붙이면 그뿐. 나는 뒷좌석 바닥에 무뚝뚝한 표정으로 놓여 있는 작은 항아리만 한 화덕을 내려다

보았다. 만오천 원을 주고 산 화덕. 나를 끝장낼 화덕.

죽을 생각까지는 해본 적 없었다. 상황이 자꾸 바닥으로 내려가는 것을 느꼈지만 그럴수록 까닭 없는 오기 같은 것이 생기기도 했다. 하긴 그랬으니까 사채까지 손댄 것이겠지……. 아버지는 왜 그런 부채투성이 주물공장을 나에게 떠넘기다시피 물려주고 떠난 것일까? 원망하는 마음마저도 이젠 오래전 달아놓은 플래카드처럼 너덜너덜해진 느낌이다. 나는 번개탄과 함께 산 소주를 한 모금 들이켰다. 눈물은 더 이상 나오지 않았다.

상체를 돌려 주섬주섬 번개탄을 화덕 위에 올려놓았을 때, 별안간 주위가 환해졌다. '졸음 쉼터' 안으로 트럭 한 대가 천천히 들어오는 것이 보였다. 나는 운전석 깊숙이 상체를 숙이고 돌아앉았다. 트럭의 헤드라이트가 너무 밝았다. 어차피 잠깐 눈이나 붙이고 갈 사람이려니. 나는 조용히 헤드라이트가 꺼지길 기다렸다.

이기호

헤드라이트가 꺼지고 얼마 후 누군가 똑똑 차 문 유리창을 두드렸다. 주머니가 지나치게 많이 달린 붉은색 등산 조끼를 입은 남자였다. 나는 차창을 내리려다가 투명테이프 생각이 나, 그대로 운전석 문을 열고 밖으로 나갔다.

"아, 혹시 라이터 좀 빌릴 수 있을까 해서요. 이게 트럭이라고 원, 라이터 잭도 나가고 엉망이어서……."

남자는 두 손을 비비면서 말했다. 목소리가 가는 사람이었다.

"쓰고 그냥 가지세요."

나는 주머니에 있던 라이터를 그에게 건네준 후 차 안으로 들어왔다. 이거 고마워서 어쩌죠, 하는 소리가 들려왔지만 나는 운전석에 앉은 채 그냥 두 눈을 감아버렸다. 무언가 삐끗 리듬이 깨진 듯했다.

다시 소주를 한 모금 마시고, 한 달 전 서류까지 깨끗하게 정리하고 떠난 아내를 생각하고 있을 때쯤…… 또 한 번 똑똑 남자가 유리창을 두드렸다. 아,

이 사람이 왜 이러는 걸까? 나는 최대한 화를 참으며 다시 운전석 문을 열고 밖으로 나갔다.

"아, 이건 제가 선생님께 고마워서 그러는 건데요, 이게 진짜 유명한 간잽이가 손을 본 고등어거든요. 제가 이걸 마트에 사만팔천 원에 납품하는 건데, 선생님한텐 그냥 삼만 원만 받고 넘길게요. 이게 염장이 아주 제대로 된 거라서."

아이 씨, 정말……. 생각 같아선 그냥 삼만 원을 주고 사고 싶은 심정이었다. 하지만 지금 내 지갑엔 만육천 원이 전부였다. 그리고 무엇보다 내가 죽은 후 화덕 옆에 간고등어가 놓여 있는 게 발견된다면…… 사람들은 과연 내 죽음을 어떻게 받아들일까?

나는 이번엔 아무 말 하지 않고 그를 잠깐 노려보기만 한 후 운전석 안으로 들어왔다. 하지만 그로부터 또 몇 분 지나지 않아 똑똑 그가 유리창을 두드렸다.

"뭡니까! 왜요! 왜 자꾸 이러시는 겁니까! 네?"

나는 바락바락 그에게 소리를 질러댔다. 하지만 그

이기호

는 표정 변화 하나 없이 씨익 웃으면서 내게 말했다.

"저기 그러지 마시고요, 선생님. 여기 벤치에 앉아서 저하고 같이 고등어나 한 마리 구워 드시죠. 어차피 라이터도 저 주셔서 번개탄 붙이기도 어려울 텐데…… 뭐, 그냥 허기나 채우자고요. 별도 좋은데."

나는 그가 손에 쥔 라이터를 가만히 바라보았다. 그러자 나도 모르게 뚝뚝 눈물이 흘러내리기 시작했다.

이기호

1999년 〈현대문학〉으로 등단하며 작품 활동을 시작했다. 소설집 『최순덕 성령충만기』 『갈팡질팡하다가 내 이럴 줄 알았지』 『김 박사는 누구인가?』 『누구에게나 친절한 교회 오빠 강민호』, 중편소설 『목양면 방화 사건 전말기』, 장편소설 『사과는 잘해요』 『차남들의 세계사』, 짧은 소설 『세 살 버릇 여름까지 간다』 『누가 봐도 연애소설』 등을 냈다.

김숨   응시

당신은 눈을 뜨고 있습니다. 어제 당신은 내내 눈을 감고 있었습니다.

내가 보이나요?

오후 한 시쯤 당신의 머리를 감기고 한숨 돌리고 있는데 민으로부터 전화가 걸려왔습니다. 오 년 전 대만으로 떠난 그녀 가족은 최근 타이완공항 인근, 텅 빈 어항 속처럼 환하고 조용한 마을로 이사했다고 했습니다. 인천공항에서 타이완공항까지 비행기로 두 시간 남짓이라지만 아무래도 국경과 바다를 사이에 두고 있어서인지 멀게 여겨집니다. 그녀의 남편은 대만에서 인터넷 관련 사업을 하는데, 직원이 열 명이나 된다고 합니다. 대만 사람들의 검소함에 대해 칭찬을 늘어놓던 그녀가 불쑥 물었습니다.

"너는 너로 살고 있지?"

"나?"

"나는 나가 없다."

'나'가 마치 티브이나 세탁기 같은 가전제품 중 하나인 것처럼 말해 나는 묻지 않을 수 없었습니다.

"나가 누구야?"

"나, 나 자신! 나는 나 없이 산다. 나 없이도 살게 되더라."

나 없이 살고 있다는 걸 증명하려는 듯 자신의 일상이 어떻게 굴러가는지 들려주던 민은, 늘 그렇듯 대만 자신의 집에 꼭 한번 놀러 오라는 당부를 하고서야 전화를 끊었습니다.

나가 없다는 건 뭘까요. 그녀에게 미처 물어보지 못했습니다.

민이 아기 때 소아마비를 앓아 목발 없이는 걷는 게 힘들다고 말했던가요. 남편이 사업 때문에 대만으로 떠나자 그녀는 한 달 뒤 여행 비자를 발급받아 훌쩍 대만으로 날아갔습니다. 부부는 떨어져 살아서는 안 된다면서요. 양 겨드랑이에 목다리를 짚은 몸으로 여

김숨

섯 살 딸아이를 앞세우고 인천공항 출입국 심사대를 통과했을 그녀의 모습이 본 듯 눈에 선합니다.

당신은 여전히 눈을 뜨고 있습니다.

당신의 눈동자는 익어가는 보리 빛깔입니다.

　　내가 보이나요?

실은 민의 전화를 받기 전, 간호사실에 새 환자복을 가지러 갔다가 우연히 간호사들이 나누는 이야기를 들었습니다.

"세상에나, 지난 수요일에 안경점에서 시력을 쟀는데 내 시력이 0.1이라지 뭐야. 0.8인 줄 알았는데."

박 간호사가 하소연하자 정 간호사가 대뜸 물었습니다.

"0.1이요? 0.1이면 앞에 있는 사람 눈코입도 제대로 구분 못 할 텐데 주사는 어떻게 놓으셨대요?"

"그러게!"

공포에 질려 소리 지르는 박 간호사의 얼굴에는 못 보던 안경이 씌워져 있었습니다.

"손이 알아서 놓았겠지."

시무룩한 표정으로 컴퓨터 자판을 두드리던 수간 호사가 퉁명스럽게 중얼거렸습니다.

"근데 참 이상하지. 시력이 0.8인 줄 알았을 때는 잘만 보이던 것들이 0.1이라고 하니까 전혀 안 보이지 뭐야."

박 간호사가 고개를 갸웃거렸습니다.

봄은 눈 멂의 결여라던가요. 아리스토텔레스는 '내'가 어떤 대상을 본다고 볼 수 있는 게 아니라고 했습니다. 그 대상이 보여질 수 있는 능력이 있어야 볼 수 있다고요. 그렇다면 내가 당신의 눈에 보이기 위해서는, 보여질 수 있는 능력이 내게 있어야 하겠지요. 어째서인지 내게는 그 능력이 결여되어 있는 것만 같습니다.

내가 보이나요?

김숨

지금처럼 당신이 나를 말끄러미 응시할 때가 있습니다. 그런데 당신의 응시에는 결정적인 무엇인가 결여되어 있습니다. 소유하려는 욕망 같은 것이요. 그래서일까요. 지금처럼 당신이 나를 응시할 때 나는 나의 부재를 느낍니다.

당신이 응시하고 있는 대상이 내가 아니라면, 당신 앞에 서 있는 사람은 누구일까요. 나는 어디에 있는 걸까요.

소유하려는 욕망이 결여된 응시는, 응시가 아닐지도 모르겠습니다.

내게는 버스를 타고 가다 나도 모르게 경기하듯 소스라치는 버릇이 있습니다. 버스가 조금 전 지나온 횡단보도 앞에 서 있던 '나'를 본 것 같은 기분이 들어서요. 횡단보도 앞에 서 있던 여자가 '나'였다면, 버스에 타고 있던 '나'는 누구였을까요. 버스에 타고 있던 나가 '나'였다면 횡단보도 앞에 서 있던 나는 '존재하는 나'였을까요.

'나'와 '존재하는 나'는 다르겠지요.

방금 당신 얼굴에 떠올랐던 표정이 그렇습니다. 당신의 얼굴이 다시는 짓지 못할 표정이요.

표정은 새 같습니다.

얼굴로 한순간 날아들었다, 한순간 날아가니까요.

처음 당신 머리를 감기던 때가 떠오릅니다. 목조차 가누지 못하는 당신 머리를 감기는 것이 쉽지 않았습니다. 당신은 십일 년째 식물인간 상태입니다. 화분에 심긴 식물처럼 스스로 호흡하고 체온을 유지합니다. 생명 지속을 위한 최소한의 활동을 하지만 누군가의 보살핌이 없으면 수일 내 사망에 이르고 맙니다.

고백하자면 나는 머리를 감을 때마다 머리 감는 법조차 제대로 익히지 못했다는 자책감에 사로잡히고는 합니다. 쩔쩔매는 심정이 되는 게, 오늘 아침에도 머리를 감으려니 엄두가 나지 않아 샤워기를 손에 잡고 욕실 바닥에 한참 주서앉아 있었습니다. 초등학교에 들어가기 전부터 혼자 머리를 감았음에도요. 그 이유가 머리를 감을 때, 머리를 감는 행위에 온전히 집중한 적이 없기 때문이 아닌가 싶습니다. 손으로는 머리를 감으면서도, 머릿속으로 늘 다른 생각을 했기 때문이 아닌가. 오죽하면 제 머리조차 제대로 감지 못하는 주제가 남 머리를 감기고 있구나 싶어 피식피식 웃음이 났을까요. 당신 머리를 다 감기고 났을 때 병실 바닥은 물바다가 되어 있었습니다.

어디 머리 감는 법뿐인가요. 손 씻는 것도, 양치질하는 것도, 젓가락질하는 것도, 화장하는 것도 마찬가지로 낯설고 어색하기만 합니다. 매일 지겹도록 반복하는 그 일들이 어째서 내게는 좀처럼 익숙해지지 않는 걸까요.

제 머리도 제대로 감지 못하는 내가 당신 머리를 감기고 있으니 이것 역시 아이러니가 아닐까요. 마치 삶에 발자국조차 남기지 못한 주제가 삶에 대해 장황하게 떠들고 있는 것 같은 자괴감마저 듭니다.

*

요 며칠 내 혀에서 내내 떠나지 않고 맴도는 중얼거림이 있습니다. 양치질을 공들여 했는데도 잡히지 않고 숨이 토해질 때 딸려 나오는 냄새처럼 말이에요.

살다 가다,

가다,

떠남을 뜻하는 '가다'라는 동사가 '집'이라는 명사와 결합하면 정반대인 '닿다'라는 의미가 되지요.

집에 가다,

김숨

가 닿다,

터치touch를 의미하는 '닿다'를 발음할 때면 혀끝
에서 파도가 이는 것 같습니다.

인간은 매 순간, 어머니의 자궁에서 잉태되는 순간
부터 땅 속에 묻혀 소멸하는 순간까지, 그 무엇과 닿
으며 살고 있는 게 아닐까요.

인간은 만물의 영장靈長이다. 국어사전에도 나오는
그 문장이 내게는 어째서인지 다르게 읽힙니다. 인간
은 만물의 '연장延長'이다, 라는 문장으로요.

연장을 한글로 풀면 '잇닿다'가 되지요.

닿다,

가 닿다,

당신 손이 가 닿다,

그런데 무엇에?

지난 새벽 당신 손이 그토록 가 닿으려던 것은 무엇이었을까요.

비단조개 껍질 가루 같은 새벽빛 속에서 그 무엇인가에 가 닿으려 안달하는 당신 손을 바라보며 나는 의문했습니다. 만약 신神에게도 손이 있다면, 그리고 그 손이 지상의 것들 중 단 하나만을 터치한다면 그것이 무엇일까.

신에게 하고 싶던 그 질문을 정 선생님에게 한 적이 있습니다. 신도 내세도 따라서 지옥과 천국 따위는 없다고 믿는, 오직 현세인 지금의 생生만이 있다고 믿는 그녀에게요.

"그러게…… 부유하는 눈송이?"

무심히 벌어지는 정 선생님의 입에서 담배 연기가 피어올랐습니다. 정 선생님의 얼굴이 연기에 지워지는 것을 바라보며 나는 그녀가 담배를 피우는 것은 자신의 얼굴을 지우기 위해서가 아닐까 생각했습니다. 담배 연기로 자신의 얼굴을 지우고 지우기 위해서가 아닐까.

나는 신이 지상의 것들 중 단 하나만을 터치한다면 그것이 새끼 참새일 것 같습니다. 너무나 작고 재빨라 오로지 신만이 참새를 터치할 수 있을 것 같습니다.

당신, 새끼 참새를 본 적이 있나요?

수년 전 비행 연습을 하던 새끼 참새가 나뭇잎으로 숨어드는 걸 우연히 보았습니다.

나는 이끌리듯 새끼 참새가 숨어든 나뭇잎 앞으로 걸어가, 그 앞에 두 무릎을 접고 앉았습니다.

나뭇잎 앞에,

두 무릎을 접고,

내 손보다 작던 나뭇잎은 누렇게 메말라 가장자리가 고데로 말아놓은 듯 둥글게 말려 있었습니다.

내가 떠날 때까지 새끼 참새는 나뭇잎 속에 죽은 듯이 숨어 있었습니다. 바람이 조금만 불어도 날아가버릴 나뭇잎이 자신을 보호해줄 거라는 믿음이 새끼 참새에게 있는 것 같았습니다.

그것이 벌써 오 년도 더 전 일이니 나뭇잎은 바스러져 흔적도 없이 흩어졌겠지요. 그리고 새끼 참새는……

참새의 평균수명이 삼 년에서 오 년 사이라지요. 비둘기는 팔 년, 앵무새는 이십 년, 인간은 팔십 년.

두 무릎을 꿇는 것으로는 부족한 걸까요. 나는 종종 두 팔을 십자로 벌리고 땅바닥에 납작 엎드리고픈 충동에 사로잡히고는 합니다. 탑을 무너뜨리듯 스스로를 무너뜨리고, 세상 만물에 자복自服하듯 가슴과 배와 허벅지를 땅바닥에 붙이고 엎드려 최소한의 호흡

김숨

만을 하고 싶을 때가 있습니다.

가,

가 닿다,

내 손이 당신 얼굴에 가 닿으려 하는 것이 느껴지나
요. 녹슨 철 대문 앞에 쪼그리고 앉아 흙덩이를 매만
지는 여자를 본 적 있습니다. 여자는 화분 속에서 오
래 묵었는지 벽돌처럼 단단해진 흙덩이를 손으로 하
염없이 매만져 부수고 있었습니다.

당신의 얼굴은 그 흙덩이를 닮았습니다.

작년 11월이었으니까 벌써 팔 개월이나 되었습니
다. 내가 당신의 간병인이 되기 위해 고속버스를 타고
이곳 경주에 내려온 것이요. 계절이 거꾸로 흐르는 게
아닌가 싶도록 그 며칠 날씨가 포근했습니다. 고속버

스에서 내리자마자 터미널 근처 분식집에 들어가 잔치국수와 김밥을 사 먹었던 기억이 납니다. 생면부지인 여자를 간병하기 위해 아무 연고도 없는 경주에 내려왔다는 사실을 실감하는 순간 참기 힘든 허기가 밀려들었습니다. 경주라는 곳에 평소 마음이 끌렸던 것도 아니어서 도로 서울로 올라가고 싶은 충동과 함께요. 어째서 경주였을까요.

나는 문득문득 어쩌자고 경주에 내려왔는지 스스로에게 묻고는 합니다. 수십 번을 물었지만 여전히 그 이유를 모르겠습니다.

분식집을 나와 당신이 입원한 병원을 물어물어 찾아가는 길에 노서동의 능들을 보았습니다. 노서동 고분군으로 분류되는 능들을요. 경주에는 여러 개의 고분군이 있는데, 노서동 고분군도 그중 하나라지요.

내가 병원 로비에 도착했을 때는 당신 남편과 약속한 시간보다 이십여 분이 훌쩍 지나 있었습니다. 한적한 대합실 구석에 우두커니 앉아 있는 남자를 보는 순

　　　　　　　　　　　　　　　　　　　김숨

간 나는 그가 당신 남편이라는 걸 직감했습니다.

내가 가까이 다가가자 그가 몸을 일으켰습니다. 실어증에 걸린 듯 입을 벌린 채 몇 초간 침묵하다 말했습니다.

"혹시나 싶어 전화를 해보려던 참이었습니다."

내가 나타나지 않을 수도 있다고 생각했던 걸까요. 하기는 서울에서도 얼마든지 구할 수 있는 간병 일을 하겠다고 경주까지 내려온다 했으니, 반신반의하지 않았을까 싶었습니다. 더구나 나는 이 일이 처음이었습니다. 간병인으로서 내 첫인상이 미덥지 않으면 어쩌나 하는 조바심이 뒤미처 났습니다.

내 우려를 불식시키며 그는 엘리베이터 쪽으로 성큼 걸음을 내디뎠습니다. 둘뿐인 엘리베이터 안에서 그는 내 쪽으로 반쯤 고개를 돌리고 말했습니다.

"아내가 기다리고 있을 겁니다."

병실에 도착했을 때 당신은 지금처럼 눈을 뜨고 있었습니다. 새 간병인을 구하는 동안 임시로 당신을 돌보던 여자가 당신의 옆을 지키고 있었습니다.

"내가 계속하면 좋은데, 손주를 봐줘야 해서……."

너그러워 보이는 여자의 얼굴에서 당신을 계속 돌보지 못하는 것에 대한 미안함, 새 간병인을 서둘러 구한 것에 대한 안도감을 함께 읽을 수 있었습니다.

당신을 어떻게 돌보아야 하는지 여자가 내게 설명하는 동안 그는 입석 승객처럼 병실 구석에 묵묵히 서 있었습니다. 여자는 당신에게 음식을 먹이는 방법부터 속옷을 갈아입히고 대소변을 처리하는 방법까지 자세하게 가르쳐주었습니다.

"간호사가 매일 하지만 수시로 체온을 체크해야 해요. 체온이 떨어져서 감기라도 들면 안 되니까…… 가장 무서운 게 폐렴이거든요."

여자의 설명이 끝나고 나서야 그가 사무적이지만 간곡함이 묻어나는 어투로 내게 말했습니다.

"그럼, 잘 부탁드립니다."

그가 가버리고, 조금 뒤 여자도 가버리고, 당신 곁

에는 나 혼자 남겨졌습니다.

　나는 어째서인지 당신 얼굴을 똑바로 바라볼 수 없었습니다. 당신 얼굴을 보는 것이 두려웠습니다.

　그래서 문에 시선을 두고 물었습니다.

　　날 기다렸나요?

　지난밤에도 나는 당신에게 물었습니다.

　　날 기다렸나요?

　　나는 한 사람만 기다려요.

　　누굴요?

　　오직 한 사람만…….

그 한 사람이 누군데요?

끝끝내 오지 않을 한 사람…….

끝끝내 오지 않을 한 사람이 누군데요?

아직은 나도 몰라요. 아직 아무도 오지 않았으니까요.

아무도요?

하지만 하나둘 오기 시작하면 알겠지요. 누가 끝끝내 오지 않을지.

아직 아무도 오지 않았다고, 당신은 말했습니다. 그럼 나 역시 아직 당신에게 오지 않은 걸까요.
나는 아직 당신에게 가고 있는 중일까요.

김숨

내가 당신을 찾아온 게 아니라 당신이 날 찾아온 게 아닐까 하는 착각에 휩싸일 때가 있습니다.

한자리에 못처럼 박혀 내내 당신을 기다리고 있었던 것만 같은 기분이 들 때가요.

당신을 알기 전부터 나는 당신을 기다리고 있었던 게 아닐까요.

서울 흑석동 쪽 빌라에 살 때 새벽 네 시면 어김없이 잠에서 깨어났습니다. 나는 다시 잠들려 애쓰는 대신 창문을 열고 골목을 내다보았습니다. 내가 세 들어 살던 빌라는 비탈진 골목 끝에 우뚝 솟아 있었습니다. 입과 코끝이 얼도록 나는 창가를 떠나지 못하고 골목을 내다보았습니다. 기다리는 사람이 골목 끝에 나타나기를 기다리듯. 기다릴 사람도 없으면서.

당신과 나 둘 중 누가 찾아왔든, 그것은 우연한 찾아듦일까요.

돌이나 나무 같은 무생물이나 해면 같은 하등동물,

어린아이에게는 우연이라는 것이 발생할 수 없다는 글을 읽은 적이 있습니다. 그 이유가, 우연은 '의도'를 가진 존재들에게만 일어날 수 있는 것이기 때문이라고 했습니다. 그러므로 의도를 갖지 못한 존재들에게 발생하는 일은 불운도, 행운도 아니라고 했습니다. 그렇다면 의도를 상실한 식물인간에게 발생하는 우연은, 엄밀히 말해 우연이 아닌 걸까요. 돌이나 나무에게 일어나는 일처럼 자연 발생적인 것, 우발적인 것으로 보아야 할까요.

식물인간에게 '의도적'이거나 '자발적'인 행동은 불가능하다지요. 눈동자의 움직임이나 눈 깜박임, 미소, 찡그림 같은 행동은 반사적인 반응에 지나지 않는다지요. 두개골 신경 기능과 척추반사 신경이 부분적으로 살아 있어서 가능한 반응 말이에요.

뚜껑 닫힌 피아노에 감도는 것 같은 침묵 속에서 당신과 내 시선은 만나지 못하고 번번이 어긋납니다.

김숨

보여질 수 있는 것이 능력이라면 보여지지 않을 수 있는 것도 능력이겠지요.

*

나는 의자에서 몸을 일으킵니다. 당신으로부터 돌아섭니다.

내가 창문을 열고 다시 당신을 향해 돌아서는 사이에 당신 눈이 감겨 있습니다.

인간의 눈은 하루 평균 만 번 깜박인다지요. 그렇다면 하루 평균 만 번 세계가 열렸다 닫히는 걸까요.

하루에 만 번 열렸다 닫히는 세계 앞에서 인간은 무엇을 할 수 있을까요.

'그는 아무것도 욕망하지 않는 시선 뒤에 숨고는 했다.'

그 문장을 나는 어디서 읽었을까요.

대중목욕탕 사물함 같은 옷장을 정리하다 그 안에 당신 옷이 한 벌도 걸려 있지 않은 걸 깨닫습니다. 회색 모직외투는 내가 경주에 내려오던 날 입은 옷입니다. 그 옆, 구김이 거의 없는 원피스도요. 비둘기색 원피스에는 제비꽃을 닮은 보라색 꽃무늬가 프린트되어 있습니다. 옷에 대한 욕심이 별로 없는 편이지만, 봄에서 여름으로 넘어가는 이즈음이 되면 리넨 소재의 가벼운 원피스가 입고 싶어지고는 합니다. 경주에 내려올 때 겨울옷만 챙겨와 봄옷이 필요하기도 했지만, 옷가게를 지나다 충동적으로 산 원피스를 나는 입지 않고 옷장 속에 넣어두었습니다.

십일 년째 식물인간 상태라지만 외출복을 한 벌쯤 가져다 놓을 만도 하지 않나 싶습니다. 당신이 깨어나기를 바라는 마음에서라도요.

환자복이 아닌 평상복을 입은 당신 모습이 보고 싶습니다. 지난 팔 개월 동안 연두색 환자복을 입은 당

김숨

신 모습만 보아서인지, 평상복을 입은 당신 모습을 상상하는 것이 쉽지 않습니다.

원피스를 만지작거리던 나는 그것을 걸어둔 옷걸이로 손을 뻗습니다. 옷걸이에서 원피스를 빼 품으로 가져옵니다.

무대 위에서 연기를 하듯, 당신 몸을 덮고 있는 시트를 거두고 원피스를 당신 몸 위로 가져갑니다. 종종 병실이 소극장 무대처럼 생각될 때가 있습니다. 당신과 내가 무대 위에서 이인극을 하고 있는 것 같은 착각이 들 때가요.

당신에게 입히려 나는 이 원피스를 산 게 아닐까요. 프리사이즈 원피스는 내 몸 치수에 비해 큰 편으로 오히려 당신 몸에 맞습니다.

내 두 손이 침착하게 당신 몸에서 환자복을 벗기는 것을 나는 무심한 구경꾼처럼 바라봅니다.

어느새 환자복을 벗고 원피스로 갈아입은 당신이

내 앞에 누워 있습니다.

나는 신발장을 열고 구두를 꺼냅니다. 경주에 내려
올 때 신은 구두입니다. 오 센티 정도 굽이 있는 구두
는 몇 번 신지 않아 거의 새것입니다. 나는 어째서 멀
리 떠나면서 길이 안 든 새 구두를 꺼내 신었을까요.

당신 발에 구두를 신깁니다. 작을 줄 알았는데 당신
발이 구두 속에 들어갑니다.

당신이 금방이라도 일어나 병실 밖으로 걸어 나갈
것 같습니다. 빈 침대와 나를 남겨두고 뚜벅뚜벅.

당신을 바라보던 나는 뒷걸음질 칩니다. 병실 흰 벽
에 등이 닿을 때까지 한 발짝, 두 발짝, 세 발짝, 네 발
짝, 다섯 발짝.

벽화 속 사람처럼 벽에 꼼짝없이 붙어 서 있습니다.
두 시 방향을 가리키던 시계 시침이 여덟 시 방향을
가리킬 때까지.

*

김숨

당신은 내 손이 닿을 수 없는 곳에 있습니다.

내 시선이 닿을 수 없는 곳에.

김숨

1997년 〈대전일보〉 신춘문예와 1998년 〈문학동네〉 신인상을 통해 작품 활동
을 시작했다. 소설집 『나는 나무를 만질 수 있을까』 『침대』 『간과 쓸개』 『국
수』 『당신의 신』 『나는 염소가 처음이야』, 장편소설 『철』 『바느질하는 여자』
『L의 운동화』 『한 명』 『흐르는 편지』 『군인이 천사가 되기를 바란 적 있는가』
『숭고함은 나를 들여다보는 거야』 『떠도는 땅』 『듣기 시간』 『제비심장』 『잃어
버린 사람』 『오키나와 스파이』 등을 냈다.

이승우   기이한 중독

일 년간 사귀어온 여자로부터 이별을 통보받고 한우는 방 안에 틀어박혔다. 그가 방에 틀어박히기 전에 남에게 공개하고 싶지 않은 민망한 행동을 여러 차례 했다는 사실을 굳이 숨길 이유는 없을 것 같다. 구체적으로 말하자면, 그는 이제 그만 헤어지자고 말하고 연락을 끊어버린 여자에게 열여섯 번 전화를 걸었고, 스물다섯 개의 문자를 보냈고, 일곱 번 그녀의 집으로 찾아갔다.

당연하지만 문자에 대한 답은 오지 않았다. 통화는 단 한 번 이루어졌다. "지저분하게 이럴 거야?" 그것이 한 번의 통화에서 그가 들은 말이었고, 그 말은 그녀로부터 그때까지 한 번도 들어본 적 없는 말이었고, 듣게 될 거라고 상상해본 적도 없는 말이었다. 그녀의 집 앞에서 두 시간을 기다렸다가 귀가하는 그녀와 마주친 그는 사정하고 다짐하고 따져 묻고 빌고 울고, 별짓을 다 했지만 돌아선 연인의 마음을 돌리는 데는 성공하지 못했다.

"이유가 어딨어? 사귈 때 이유가 없었잖아. 헤어질 때도 이유가 없는 거지. 사귈 때 이유가 있었을 수도 있지만, 그 이유라는 게 되게 개인적이고 비논리적이고 말도 안 되는 거여서 말로 하기 어려운 거잖아. 말로 하면 당사자들 말고는 되게 웃기는 거잖아. 헤어지는 데에도 이유가 있을 수 있겠지. 근데 그 이유라는 것 역시, 사귈 때 그랬던 것처럼 되게 개인적이고 비논리적이고 말도 안 되는 거여서 말로 하기 어렵다기보다 말할 필요가 없는 거잖아. 말할 필요가 없는 걸 말해 뭐 해."

이유가 뭐냐고 따져 묻는 한우에게 그녀가 한 말이었다. 그는 그녀의 말에 반박할 수 없었는데, 설득당해서가 아니라 어떤 말을 하더라도 그녀를 설득할 수 없다는 사실을 너무나 분명하게 깨달았기 때문이었다.

전에는 '가슴이 아파서 숨을 쉴 수가 없다'라는 이별 노래의 가사를 들을 때면 그는 엄살이거나 은유적 표현이라고 생각했었다. 그런데 그것이 엄살도 아니

이승우

고 은유도 아니라는 사실을 실연을 경험한 그는 비로소 알게 되었다. 마음이 아니라 몸이, 은유적으로가 아니라 사실적으로 아팠다. 숨을 쉴 때마다 가슴 한쪽에 뻐근한 통증이 느껴져서 그는 자주 손으로 가슴을 만졌다. 그녀를 생각할 때마다 너무나 사실적으로 통증이 느껴지고 한숨과 함께 눈물이 쏟아졌다. 한숨과 눈물을 남에게 보일 수 없어서 그는 밖으로 나가지 않았다.

주변에서는 맛있는 것을 먹으라고 권하고, 재미있는 예능 방송을 보라고 권하고, 땀을 흘리며 운동을 하라고 권하고, 친구들을 만나라고 권했다. 그 사람들은 뭘 모르는 이들이었다. 그들이야말로 가슴이 아파서 숨을 쉴 수가 없다는 유행가 가사를, 얼마 전의 자기처럼 엄살이나 은유적 표현으로 받아들이고 있는 이들이라고 그는 생각했다. 먹고 싶은 것이 아무것도 없었으므로 먹을 수 없었고, 어떤 방송을 보아도 재미가 없었으므로 텔레비전을 볼 수 없었고, 몸을 움직일

기력조차 없었으므로 운동을 할 수 없었고, 다른 사람과 실없는 이야기를 나눌 기분이 도무지 나지 않았으므로 친구를 만나러 나갈 수 없었다.

사람들은 시간이 지나면 괜찮아질 거라고 했다. 그도 그러리라는 걸 알고 있었다. 시간이 지나면 괜찮아질 것이다. 그런데 그 시간이 언제 지나간단 말인가. 그는 당장 죽을 것 같았으므로 아무것도 하지 못했다. 그는 오직 그녀만 생각했다. 그녀를 생각하는 일은 곧 상처를 덧나게 하는 일이므로 할 수 있는 한 그녀를 생각하지 않아야 했고, 최선을 다해 그러려고 했지만 그러려고 해도, 아니 그러려고 하면 할수록 더 자주, 저절로 생각이 났으므로 어쩔 수 없었고, 상처는 낫지 않았다.

한우는 방에 틀어박힌 채 가슴의 통증을 견뎠다. 그는 실연에 대한 유일한 치료제라고 알고 있는 시간이 그를 고통에서 빼내주기만을 기다렸다. 시간은 유일한 치료제인지 모르지만 효과가 빠른 치료제는 아니

이승우

었다.

그는 치료제가 효능을 보이기 전에 사랑(의 아픔) 때문에 죽을 수도 있겠다는 생각을 했다. 전에는 도저히 이해할 수 없어서 비인간적 광기 현상으로 간주해온 순교로서의 죽음이 반드시 불가능하지만은 않겠다는 생각을 하기에 이른 것은 그가 '사랑의 순교자'라는 관념에 사로잡혀 있다는 증거였다. 어느 순간부터 그는 은연중에 자기를 사랑의 순교자와 동일시하곤 했는데, 그럴 때 그는 어두운 방 귀퉁이에 가슴을 움켜쥐고 앉아 오랫동안 허공을 응시했고, 깊은 한숨과 함께 눈물을 흘리기도 했다.

그런 어느 날이었다. 가슴의 통증과 슬픔과 낙담과 우울이 어우러진 그의 절망스러운 내부의 깊은 골방 안으로, 문득 영문 모를 몽롱함과 두근거림이 찾아왔다. 이게 뭐지? 그는 의아해하며 자기 내부에서 일어나는 낯선 움직임에 집중했다. 그 느낌은 독한 감기약을 먹었을 때와 유사했지만 똑같지는 않았다. 설마 그럴 리가, 하고 인정하려 하지 않았지만 그것은 '달콤함'이라고밖에 달리 표현할 수 없는 기이한 것이었다. 가슴이 아파 죽을 것 같은데 달콤함이라니 말이 되는가. 말이 되지 않았다. 그는 모독처럼 느꼈다. 그래서 그는 다른 표현을 찾으려 했다. 그러나 달콤함 말고 다른 것은 찾아지지 않았다.

그 이상한 달콤함은 그를 짓누르는 감당하기 힘든 슬픔과 섞여 거의 분간되지 않았고, 차라리 슬픔의 다채로운 스펙트럼 가운데 하나인 것처럼 여겨졌다. 기이하지만 슬픔의 가장 안쪽에 그런 것이 숨겨져 있다고 추측할 수밖에 없었다. 실제로 그것은 슬픔과 분리될 수 있는 것이 아니었다. 슬픔으로부터 떼어내려고 하는 순간 그 달콤함도 같이 부서져 사라지리라는 걸 그는 직감적으로 알아차렸다. 동시에 그는 인정하고 싶지 않지만 자기가 그 달콤함이 사라지는 걸 원하지 않는다는 사실도 어렴풋이 느꼈다. 그리하여 합리

이승우

적이라고 할 수 없는 유혹에 행복했다. 그는 그 달콤함이 사라질까 봐 실연의 슬픔에서 놓여나지 않기를 바라게 되었고, 그 달콤함을 다시 맛보기 위해 슬픔의 깊은 곳으로 기꺼이 들어가기를 원하게 되었다.

그는 더 이상 시간이 그의 슬픔을 치료해줄 거라는 생각에 집착하지 않았다. 아니, 그는 더 이상 자기가 치료되어야 하는 환자라는 생각을 하지 않게 되었다. 아픔과 슬픔은 여전했으므로 치료된 것은 아니었지만, 더 이상 치료를 원하지 않았으므로 치료될 수 없었다.

그리하여 자연 치유의 시간, 실연의 아픔과 슬픔으로부터 벗어나기에 충분한 시간이 흘러 더 이상 아프지도 않고 슬프지도 않게 되었음에도 불구하고 그는 그 은밀한 골방에서 빠져나오지 않았다. 슬픔이 그를 놓아주지 않은 것이 아니라 그가 슬픔을 놓아주지 않았기 때문에 슬픔은 그를 떠나지 않았다. 그는 자기를 떠난 여자의 얼굴이 잘 떠오르지 않을 뿐 아니라 어쩌다 떠오르더라도 더 이상 괴롭지 않게 되었음에도 계속 슬픔 속에 머물렀다. 그를 사로잡은 슬픔의 달콤함은 한때 그가 그녀를 사랑하면서 누렸던 것보다 훨씬 감미롭고 자극적이었기 때문에 벗어날 수 없었다.

이승우

이승우

1981년 〈한국문학〉 신인상을 받으며 작품 활동을 시작했다. 소설집 『일식에 대하여』『미궁에 대한 추측』『사람들은 자기 집에 무엇이 있는지도 모른다』『오래된 일기』『신중한 사람』『모르는 사람들』『사랑이 한 일』『목소리들』, 중편소설 『끝없이 두 갈래로 갈라지는 길』『욕조가 놓인 방』, 장편소설 『가시나무 그늘』『생의 이면』『식물들의 사생활』『한낮의 시선』『지상의 노래』『사랑의 생애』『캉탕』『이국에서』, 산문집 『당신은 이미 소설을 쓰기 시작했다』『소설을 살다』『소설가의 귓속말』 등을 냈다.

김금희   춤을 추며 말없이

내가 꼴통이라고 부르기도 하고 B품이라고 하기도 했으며 더러는 그냥 기계, 폐품이라고 한 그것을 할아버지에게 선물한 사람은 나였다. 정식 제품명은 '말로'였는데 상용화된 인공지능 로봇들 중 저가 상품이었다. 말로가 저렴한 건 운동 기능이 상당히 떨어지는, 제작한 지 사 년이나 되어서 이제 단종될 모델이었기 때문이다. 말로의 기능은 언어화에 집중되어 있었고 그것도 그저 상대의 말들을 저장한 뒤 적절히 조합해 유사 경우에 출력하는 정도였다. 그 외에는 아주 간단한 동작들뿐이었다. 고개를 끄덕이거나 양옆으로 흔든다거나 하는. 나는 말로를 크리스마스 바겐세일을 하는 마트에서 샀는데, 내가 진화를 하나요, 얘도, 요즘 광고에서 떠드는 것처럼 예측지 못한 기계적 진화를요, 라고 묻자 점원은 에이, 아녜요, 하고 무슨 그런 말을 하느냐는 듯 손사래까지 쳤다. 그 정도를 기대하려면 적어도 천만 원대로 올라가야 한다고 설명하다가 문득 자기가 너무 단정적으로 말했다 싶은지 이렇게 덧붙였다.

"물론 말 그대로 예측이 안 되니까 그럴 수도 있죠. 뭐, 만에 하나라는 것도 있으니까."

예측지 못한 기계적 진화는 최근 생산되는 인공지능 소형 가전들에 발견되는 현상으로 특정 기능이 발달해 제작사에서도 예상하지 못한 기능—하지만 사용자에게 이로운—이 발생하는 것이었다. 집 청소를 담당하는 홈 로봇에게서 아주 높은 차원의 매핑 기능이 생겨나서 셀프 인테리어를 하는 집주인들에게 유용하게 쓰인다거나 베이비시터 로봇이 아기의 행동 패턴과 목소리를 완벽하게 복제한다거나 하는 식이었다. 그것은 일종의 기계적 오류이자 장애였지만 이로웠으므로 사람들에게 환영받았다. 특히 돌보는 아기를 복제하는 베이비시터 로봇의 기능은 마침 사고로 아이를 잃은 가정에서 발견되었고 그것이 언론에 알려지면서 영화로 만들어지기도 했다. 공장에서 그 기능을 의도적으로 넣은 베이비시터 로봇을 만드는 데

김금희

에는 반년도 걸리지 않았다. 손주를 자주 만날 수 없는 조부모 등에게 그런 로봇을 보내주는 건 금세 흔한 일이 되었다. 하지만 그렇듯 기계가 뜻하지 않게 진화하는 일종의 횡재는 말로와는 거리가 먼 일이었다. 이것은 아주 단순한 인공지능 회로를 사용하는, 인풋과 아웃풋의 과정이 간단한 기계였으니까.

지금 생각해보면 마트로 그것을 사러 갈 때 내게는 할아버지에 대해 귀찮은 마음이 있었던 것 같다. 부모님이 중국으로 사업을 하러 가고 할아버지 손에 크기는 했지만 사실 나는 할아버지를 완전히 좋아하지는 않았다. 함께한 시간만큼 상처받을 일도 많았으니까. 할아버지는 젊은 시절 군악대에 들어가 베트남전에도 참가했는데, 군인 출신이라 그런지 내게 좀 강압적인 태도였다. 아무리 해도 일곱 시에는 도저히 일어날 수 없는 아침이 있고 누가 뭐래도 하기 싫은 일이 있으며 무엇보다 자기 자신과 상대방의 의견이 다를 수 있다는 점을 인정하지 않았다. 쉽게 말하면 까라면 까야 하는 식이었다. 시키는 대로 하지 않으면 큰소리로 꾸짖었고 벌을 세우기도 했다.

물론 그 벌은 거실에 서서 눈을 오랫동안 감아야 하는 정도였지만 그렇게 눈을 감고 있으면 온갖 나쁜 상상들이 어린 내 머릿속에 일곤 했다. 눈을 감게 한 뒤 할아버지가 일부러 그러는지 아무 소리도 내지 않아 집 안이 아주 괴괴해졌기 때문에 상상력이 더 발동했을 것이다. 나는 그때 책이나 영화에서 보았던 수많은 무서운 것들을 떠올렸는데 그중에는 흉측한 괴수들과 떼로 몰려다니는 곤충들이 있었으며 태풍이나 살인 파도나 크레바스 같은 위험한 자연현상들이 있었다. 그런 두려운 상상들 때문에 그 벌은 내게 아주 고역이 었고 결국은 할아버지를 싫어하는 이유가 되었다.

물론 그런 날들만 있는 것은 아니었다. 그런대로 괜찮고 평화로운 날도 있었다. 할아버지는 나름대로 노력을 해도 요리에는 젬병이었는데 그래도 햄버그스테이크는 그럴듯했다. 요리라기보다는 슈퍼에서 파는

김금희

레토르트 제품을 데운 것에 불과했지만 그래도 할아버지만의 정성이 들어간달까 하는 부분은 바로 카레 가루로 만든 소스였다. 카레 가루를 물에 개어서 졸인 다음 햄버그스테이크에 부으면 아주 근사한 맛이 되곤 했다.

그게 저녁 메뉴인 날이면 나는 밥을 두 공기나 비웠고 할아버지는 꼭 맥주를 곁들였다. 하이네켄 같은 미국 맥주들이었다. 그런 맥주병들이 놓인 저녁의 식탁은 마치 미국 영화에 나오는 장면처럼 이국적으로 느껴졌다. 내가 성장한 그곳은 강원도 양양, 황무지나 사막과는 거리가 먼, 울창한 숲으로 둘러싸인 지역인데도 왠지 미국 서부의 어느 작은 마을, 보안관 한 명으로는 도저히 제압할 수 없는 만성화된 악이 있으나 그것이 또 그런대로 삶의 질서를 만들어 지긋지긋하고 좀 답답하게 흘러가는, 그런대로 견디며 살아야 하는 곳처럼 느껴졌다. 횅하니 불어닥치는 사막의 바람만이 어떤 활기랄까 환기의 분위기랄까 하는 것을 만드는.

어쩌면 그런 저녁의 풍경이란 할아버지와 지낸 내 십대 시절을 요약적으로 보여주는 장면일지도 모른다. 할아버지는 특별히 나를 나쁘게 대하지는 않았지만 그렇다고 다정하지도 않았고, 딱히 이유가 외부에 있지는 않은 것 같은 우울과 분노에 시달렸다. 이따금 전우회 사람들과 주고받는 전화나 언론에서 베트남전 이야기가 나오면 흥분한다는 점에서 그건 아무래도 참전의 기억 때문인 것 같았다. 거의 오십여 년이나 된 일이지만 시간적으로 멀어도 체감적으로는 아주 가까워서 할아버지를 여전히 괴롭히는 듯했다. 내가 전쟁 장면이 나오는 할리우드 액션 영화를 보고 있으면 할아버지는 아아, 시끄럽다, 시끄러워, 하고 손사래를 치면서 끄거나 방에 들어가서 혼자 보라고 화를 내곤 했다.

"사람을 저렇게 죽이면 어떻게 되는 줄 아니? 대체 어떤 냄새가 나는 줄 아느냐는 말이야. 눈으로 보고

김금희

소리로 듣는 건 안 해도 된다. 안 할 수 있어. 그런데 숨은 어떻게도 안 돼. 숨은 쉬어야 하니까 맡아야 하지. 맡으면 알게 된다고. 거기 사람이 죽어 있다는 것을 알게 된단 말이다."

"할아버지, 저건 영화예요."

"영화라고?"

"영화라고요. 저렇게 죽고 나서 일어나서 분장 지우고 화장실 가서 볼일도 보고 동료들이랑 시시덕대다가 맥주 먹으러 가고 그러는 거라고요. 거짓이라고요."

내가 그렇게 말하면 할아버지는 못마땅하다는 표정을 잔뜩 짓고 나서 "거짓은 뭐가 거짓이란 말이야?" 하고 조용히 항변했다. 그러고 나서는 뒤이어 나오는 말들을 마치 잎담배를 씹듯 우물우물하며 씹어 삼킨 뒤에 "너는 내 인생에 대해 전혀 모르는구나" 하고 대화를 끝냈다. "그래서 다행이기는 하지만."

할아버지에게 충동적으로 말로를 사준 크리스마스는 내가 대학을 진학하느라 양양을 떠난 지 오 년쯤 되었을 때였다. 그때만 해도 생일이라든가 명절이라든가 하는 날에는 찾아가기도 했지만 중국에서 하던 사업을 접고 부모님이 귀국한 다음에는 할아버지를 그냥 부모들에게 맡겨버렸다. 마침 외국에서 공부할 기회가 생기면서 그런 전달은 배턴을 건네듯 자연스러웠다.

이후 한국에 정기적으로 들어왔지만 친구들을 만나고 몇몇 일들을 처리하고 나면 할아버지를 만날 틈은 내지 못했다. 전화를 걸어 가지 못하는 이유를 설명하면 할아버지는 괜찮아, 라고 호기롭게 대답했다.

"나는 하나도 외롭지도 쓸쓸하지도 않다. 자신 있게 늙고 있어."

"그 기계는 좀 이용해보셨어요?"

나는 내가 그렇게 무정한 손자는 아니라는 것, 그래도 여건이 되면 그런 선물쯤은 했던 손자라는 걸 강조하고 싶어서 물었다.

"무슨 기계 말이냐?"

김금희

"그거 세일해서 산 거 있잖아요. 로봇이요."

"소년이 말이냐?"

할아버지의 말투가 은근해졌다.

"소년은 누구예요?"

"내가 붙인 이름이야."

할아버지는 내가 사온 그것에게 말을 걸기까지 오래 걸렸다고 했다. 기계에 말을 거는 건 참 어색한 일이었으니까. 그건 대화의 일방향성 때문인 것 같았다. 마치 벽에다 대고 말하는 듯한 느낌. 하지만 요즘은 꽤 말이 늘었다고 할아버지는 말했다.

할아버지가 세상을 떠나기 한 해 전쯤인가의 대화였다.

할아버지가 돌아가시고 나서 집 안 정리는 내게 맡겨졌다. 가장 최근까지 함께 지냈다는 이유였는데 그렇다 해도 무려 십 년 전 일이었다. 양양 집에 들어서며 그래도 그때가 할아버지가 누군가와 함께 살았던 마지막 시기였겠구나 생각하니 마음이 조용히 아파왔다. 당신이 돌아와 대문을 닫으면 더 이상 그것을 밀고 들어올 누구도 없었다는 것, 열릴 리가 없다는 것. 그건 젊은 내가 자취방에서 경험하는 것과는 차원이 다른 단절감이었으리라는 생각이 들었다.

할아버지는 신장 투석을 정기적으로 받다가 합병증으로 병세가 악화되어서 그런지 이미 상당한 짐들을 정리해놓은 상태였다. 마치 죽음을 예감하고 있었던 사람처럼. 옷가지도 별것이 없었고 책장이나 서랍장 같은 원목 가구들은 이웃에게 주거나 팔아버린 상태였다. 앨범 두 권, 아주 오래전 세계명작 시리즈로 나온 『지옥의 묵시록』『전쟁과 평화』같은 책들, 마지막까지 사용했을 돋보기, 안경.

내가 굳이 간직해야 할 물건은 별로 없구나 하는 생각에 어쩌면 좀 매정하지만 안심하고 있을 즈음, 창틀 옆에 나무 의자를 놓고 거기에 앉혀놓은 그 바겐세일

김금희

용 인공지능 로봇을 발견했다. 사각으로 된 철제 머리에 단춧구멍 같은 눈을 하고 손가락을 하나하나 섬세하게 표현하는 대신 멋없게 그냥 손바닥을 좍 펴고 있는 그 저가용 모델은 그러나 할아버지가 어디서 구해왔는지 직물로 짠 망토를 두르고 밖을 보듯 고개는 창쪽으로 향한 채 자리를 지키고 있었다. 그러니까 정말 소년처럼, 할아버지가 지어준 그 이름에 들어맞게. 나는 그것을 재활용 쓰레기장에 버려야 할지 아니면 고물상에 갖다주어야 할지 고민하다가 버려도 서울에서 버리자는 생각에 트렁크에 넣었다. 그리고 양양을 떠나 밤의 고속도로를 달리는 동안 트렁크에서는 마치 노크를 하듯 무언가 차체에 일정하게 부딪치는 소리가 났다.

한 주 동안 살펴본 '소년'—명칭 인식 버튼을 사용해봐도 이 단어가 아니면 반응하지 않았다—의 패턴은 이랬다. 타이머가 아침 일곱 시에 맞춰져 있어서 그때쯤 켜진 소년은 "기상"이라고 외쳤다. 기상(!)은 오래전 할아버지가 나를 깨울 때 쓰던 말이라서 나는 다른 말로 바꾸어보거나 전원을 아예 꺼놓으려고 했는데 역설적이게도 바로 그래서 아침에 유용했다. 신경에 거슬려서 일어나게 되는 것이었다. 그렇게 아침을 시작해서 출근 준비를 하다 보면 소년은 내가 아무 말도 하지 않았는데도 "말세네, 말세야. 세상이 온통 엉망이군. 끔찍한 일이야. 이건 또 무슨 일이야" 같은 혼잣말들을 쏟아냈다. 나는 그것이 아침에 일어나자마자 뉴스와 신문을 읽는 할아버지의 습관 때문이라는 생각에 피식 웃고 말았다. 소년은 아마 매일같이 할아버지와 그런 대화를 주고받았을 것이었다. 시골의 안전한 숲에 숨듯이 살고 있지만 할아버지는 세상에 대한 불안과 불신, 공포와 적의를 계속해서 유지하고 있었다. 마치 그런 것들을 싸안고 있을 때에야 자기 존재가 증명되는 것처럼. 내가 없을 때에는 소년이 들어주던 모양이었다.

"이제 그럴 필요 없어."

나는 소년에게서 인출되는 말들을 듣고만 있다가 말을 걸었다. 소년이 나와 할아버지의 음성을 구분하는지는 알 수 없었다. 그런 기능이야 웬만한 가격의 제품에는 다 있지만 소년은 워낙 저가니까. 내 말을 들은 소년은 한 십 초쯤 답을 찾다가 "그래도 약은 먹어야 해!"라고 소리쳤다. 역시 새로운 정보가 입력되는 데는 시간이 걸리겠구나, 앞으로 내내 과거에 저장된 말들을 반복하겠구나 싶어서 흥미를 잃으려는데 소년이 다시 말했다.

"노병은 죽지 않는다."

소년과 함께하는 일상은 아주 이상한 톤을 띤 날들이 되었다. 퇴근해서 들어가면 소년은 날씨가 어땠어, 어떤 걸 잡았어—할아버지는 토끼나 꿩 같은 작은 동물들을 사냥하곤 했다—나무는 팼던가, 눈은 치우고, 같은 질문을 여전히 해서 마치 그때의 그 양양으로 돌아간 듯한 느낌이었다. 하지만 여기는 시내의 오피스텔, 문을 닫으면 단 하나의 창으로 격자무늬처럼 나뉘어 있는 맞은편 오피스텔 동만 보이는 도시였다. 그래서 소년의 말은 헛말처럼, 상황을 도무지 모르는 어린아이나 기억을 잃어가는 노인이나 할 수 있는 말처럼 느껴졌다.

소년은 마치 여러 역할을 해내는 것 같았다. 그러니까 소년이라는 이름에 걸맞게 유년의 '나'가 되어 할아버지의 불평을 듣고 있는 듯도 하고 할아버지처럼 말하고 있는 듯도 하고, 그런데 어린 시절의 '나'는 소년처럼 매번 적절한 반응을 하지는 않았으니까 결국 나와는 전혀 상관없는 별개의 존재—기계에 이런 말을 써도 된다면—가 되어 있는 것이었다. 처음에는 좀 낯설고 이상하기는 했지만 점점 시간이 흐르자 나는 소년이 있는 삶에 익숙해져갔다. 문을 열고 들어가면 냉장고의 조용한 소음만 있을 뿐인 집에서 한 박자씩 늦기는 하지만 "오늘은 어땠어?"라고 누군가 묻는다는 것.

김금희

"오늘은 환율이 내렸는데 아무래도 전날 대기업의 배당 관련 역송금과 결제 같은 일회성 요인 탓이었나 봐. 여기까지는 예상 했지만 NDF도 하락해서 결국 레인지를 잘못 예측한 셈이 되었어."

이렇게 종일 나를 지치게 한 일들을 말하면—그런 긴 이야기나 생소한 경제 용어들이 입력되어 있을 리가 없으니까 답을 못 하겠지 싶었지만—소년은 십여 분이나 자기에게 입력된 말들을 찾아보다가 "구해 줘!"라고 정리하기도 했다. 그러면 그렇지 어떻게 기계가 모든 상황에 맞는 말을 하겠어 싶었지만 나중에는 그래도 그 말이 나의 오늘을 가장 적절하게 보여주는 것이 아닌가 싶었다.

AS센터에 전화를 한 건 배터리가 자주 방전되고 음성 송출 회로에 문제가 있는지 소음이 섞인 소리가 났기 때문이다. 워낙 생산되는 제품이 많으니까 연결에 연결을 거쳐서 해당 부서로 전달되었는데 담당자는 소년의 경우 더 이상 AS를 제공하지 않는다고 했다.

"고칠 수가 없다고요?"

"네, 할인 구매하셨을 때 이미 그 점을 공지받으셨고요. 지금 보상 판매 기간이니 할인으로 새 제품 구입 가능하세요."

"새 제품은 살 생각이 없어요. 그런 대화 로봇 필요하지도 않고요."

"동일 제품군이 아니라 다른 인공지능 상품들도 가능하세요."

나는 다른 건 필요하지 않고 그런 보상을 원하지 않으며 다만 소년을 고치기를 바랐지만 상담원에게 그 특별한 '수리'란 그리 합리적인 선택이 아닌 듯 보였다.

아침에 일어나면 이제 소년의 상태를 체크하는 것이 일과의 시작이 되었다. 일곱 시가 되면 "기상(!)"하고 소리치는 날도 있었지만 좀 늦되게 하거나 아예 건너뛰는 날도 있었다. 오히려 내가 소년에게 다가가 "일어났어?" 묻곤 했는데 그럴 때는 또 언제 할아버지와 그런 대화를 나눠봤는지 "나 정정해"라고 답하곤

김금희

했다. 여전히 노병은 죽지 않는다고. 그렇게 해서 소년은 마치 죽어가는 것처럼 가만가만해졌고 그런 로봇을 보고 있는 건 이상하게 고통스럽고 마음이 아픈 일이라서 폐기를 결심해보기도 했다. 전원을 끄고 그것을 들고 재활용품 처리장으로 내려가면 그만인 일이었다. 나는 그렇게 고장을 일으키는 소년이 불필요하게 내 삶을 우울하게 어떤 책임감과 죄책감으로 얼룩지게 한다는 생각에 어느 날 정말 봉지에 넣어 들고 나가보았다. 세월이 지나 낡고 못쓰게 된 가전제품을 버리는 일에 불과한데도 그것을 다른 쓰레기들과 함께 두는 것은 차마 할 수 없는 일이었다. 그렇게 폐기를 시도하는 일은 그런 생각을 했다는 사실만으로도 마음을 무겁게 눌렀다.

그래서 더 이상 공장의 AS를 받을 수 없는 단종된 인공지능 제품들만 고쳐주는 수리공이 있다는 얘기를 듣고 소년을 데리고 갔다. 원래는 택배로도 접수가 가능하다고 했지만 그러자면 시간이 오래 걸리고 어느새 그런 식으로 화물 처리할 수 없도록 소년이 정말 '소년'이 되어버려서 안산에 있다는 그 수리공 사무실에 직접 가져갔다. 가게는 아주 작은 크기의 칸으로 이루어진 서랍장이 벽면을 채웠고 부속들이 빼곡하게 들어차 있었다. 겨우 한두 사람이 움직일 수 있는 공간만 있어서 동작이 조심스러웠다. 공장에서 정년퇴직했다는 나이 많은 수리공은 소년을 맡기고 한 세 시간쯤 외출했다 돌아오라고 했다. 분석해볼 시간이 필요하다는 얘기였다.

수리점을 나와서 도시를 차로 돌았다. 근린공원과 어느 예술 대학을 지났고 노란 깃발과 현수막에 적힌 잊지 않겠다는 말을 읽었고 고장 난 오토바이를 들여다보며 남자 둘이 쪼그리고 앉아 서로 뭔가를 가만가만히 의논하는 소리를 들었다. 그러다 어느 초등학교 옆 식당에 '국민돈가스'라고 쓰인 메뉴판을 보고 흥미가 생겨 들어갔다. 월차를 냈는데도 휴대전화로는 자꾸 일과 관련된 메시지가 뜨고 전화가 오고 통화를 해야 했다. 그러면 지금 이 도시에 왜 와 있는지도 잊

혔고 일의 긴장이 되살아났다. 국민돈가스는 정말 크기가 쟁반만 했고 아주 진하고 풍미가 강한, 그래서 아마도 공장에서 제조된 제품을 쓰지 않을까 싶은 흥건한 소스가 끼얹어져 있었다. 돈가스를 잘라서 우걱우걱 씹다 보니 그 소스는 지긋지긋하고 막막하고 따분했던, 선명한 분노와 어긋남의 결이 있었던 할아버지와의 동거를 떠올리게 했다. 햄버그스테이크가 있는 테이블에서 맡았던 카레 가루 냄새가 여기서도 나는구나, 그러니까 그런 건 어느 누구에게나 있는 마치 공장의 제조 소스처럼 일관되고 표준화된 추억이구나 생각하면서도 콧날이 시큰해졌다. 그건 어떤 이별에 대한 뒤늦은 실감이자 그리움 같은 것이었고 동시에 미안함이기도 했다.

수리공은 소년의 상태가 좀 특이하다고 했다. 원래 공장에서 설정한 것보다 기억의 집적 능력이 과도하게 사용되었고 언어 구사력만 해도 본래 기능을 넘어서는 수준으로 쓰였다는 말이 었다. 수리공은 예측지 못한 기계적 진화가 이루어진 셈이라고 설명했다. 나는 이 정도 사양으로는 그런 일이 벌어질 리가 없다고 한 점원의 말이 생각나서 놀랐다.

"고칠 수 있을까요?"

"고칠 게 없어요."

"고칠 게 없다니요? 전원이 자꾸 꺼지고 음성 송출도 문젠데요."

"이건 선생님, 고장이 아닙니다. 고장은 정해진 매뉴얼대로 기계가 행동하지 않을 때가 고장이잖아요? 이건 알 수 없는 이유로 그 이상을 기계가 자의적으로 하다가 이렇게 되었으니까 사람으로 치면 소진이라고 할 수 있어요. 그걸 어떻게 고칩니까?"

나는 오피스텔로 돌아왔고 이 공간에 난 단 하나의 창문 쪽으로 소년을 앉혀놓았다. 언젠가 할아버지가 그렇게 했듯이. 겨울이 오자 소년은 주기를 예측할 수는 없지만 "날이 푹해졌나? 따뜻해?"라든가 "이제 그만 쉬어라" 같은 말들을 불쑥불쑥 하며 인사했다. 더

김금희

시간이 지나자 그런 말도 없이 조용해졌는데 그런 때에도 분명 어떤 말들을 전하고 있는 것 같았다. 나는 내가 보지 못한 할아버지의 일상이 어땠을까를 상상했다. 행복했을까, 며칠에 한 번씩 웃었을까, 혹은 울었을까, 누구를 그리워했을까, 혹시 나를. 그런 생각이 들면 이제 더 이상 자신을 소진하면서까지 무언가를 이야기하지는 않는, 왜 그런지 멈춰버린 소년에게 물어보기도 했지만 답은 없었다.

긴 출장에서 돌아오고 나니 소년은 치워진 뒤였다. 더는 켜지지도 않아 부모가 버린 것이었다. 나는 어차피 내 손으로 처리할 수도 없었으니까 화를 낼 수도, 그렇다고 그냥 덤덤히 넘겨지지도 않아서 확실했어? 확실히 더는 전원도 켜지지 않았어? 라고만 물었다. 부모는 그렇다니깐, 하더니 설명했다.

"마지막으로 팔을 슥 들며 흔드는가 싶더니 아주 전원이 나가버렸어. 퓨즈가 나가버린 것 같았어."

그 뒤로도 나는 운동 기능이 전혀 없는 소년이 어떻게 팔을 들었을까를 종종 생각했다. 만약 수리공의 말처럼 그런 기계의 소진이 일어났다면 그렇게 해서 팔을 들어 보이는 것은 훨씬 더 심한 소진이었을 테니까. 어느 날에는 소년이 내가 궁금해하던 할아버지의 모습, 세상과 작별하던 시기의 할아버지를 보여주었다는 생각이 들었다. 그렇게 팔을 드는 것은 손을 흔드는 것이기도 하고 누구를 부르는 것이기도 하고 어쩌면 가만히 가만히 춤을 췄던 것일지도 모른다고. 어떤 하루를 보냈느냐에 따라 그 동작에 대한 나의 해석들은 비관적이었다가 좀 나았다가, 따뜻했다가 차가웠다가 하는 식으로 달라졌지만 그때마다 믿게 되는 건 그렇게 말없이 춤을 춰보는 어느 밤이 그래도 할아버지와 소년에게 있었으리라는 사실이었다. 내가 기억하지 못하는 유년의 어느 날에 우리가 그랬을 것처럼, 햄버그스테이크가 있는 테이블처럼 너무나 당연하고 몹시도 그립게.

　　　　　　　　　　　　　　　　　　　　김금희

김금희

2009년 〈한국일보〉 신춘문예를 통해 작품 활동을 시작했다. 소설집 『센티멘털도 하루 이틀』 『너무 한낮의 연애』 『오직 한 사람의 차지』 『우리는 페퍼로니에서 왔어』, 중편소설 『나의 사랑, 매기』, 연작소설 『크리스마스 타일』, 장편소설 『경애의 마음』 『복자에게』, 산문집 『사랑 밖의 모든 말들』 『식물적 낙관』 등을 냈다.

손보미   고양이 도둑

"오랫동안 한국을 떠나 있었죠." 그가 말했다. 우리는 시내의 카페에서 차를 마시는 중이었다. 나는 그를 마지막으로 만난 게 언제였는지 떠올리려고 했지만 기억이 잘 나지 않았다. 내가 별생각도 없이 테이블 위의 티 타이머가 예쁘다는 말을 하자, 그는 아무 망설임도 없이 손을 뻗어 티 타이머를 집어 들더니 내 가방에 쑥 넣어주었다. 모래시계 모양의 티 타이머 안에는 모래 대신 파란 잉크가 채워져 있었다.

"이건 도둑질이잖아요." 내가 주위를 살피며 조그 마한 목소리로 말하자 그가 대답했다.

"나 원래 훔치는 거 잘해요. 지난 몇 년 동안 여행을 다니면서 이곳저곳에서 많은 걸 훔쳤죠." 그는 훔쳐 온 물건을 거실의 커다란 장식장에 담아서 보관해둔다고 했다. 파리의 카페에서는 은으로 만든 포크를, 런던의 식당에서는 커피잔 받침을, 뉴델리의 민박집에서는 난을 담아주는 대나무 바구니를, 베를린의 박물관에서는 안내소 직원이 쓰던 볼펜을, 오사카의 호

텔에서는 재떨이를(이때는 직원에게 딱 걸려서 돌려줘야
만 했다), 그리고 뉴욕에서는 고양이 한 마리를 훔쳤다.
가만있자, 고양이? 고양이를 훔쳤다고?

"사실은 그게 내 첫 번째 도둑질이었어요."

그는 이혼 후 자신이 머물렀던 뉴욕의 아파트에 대해
이야기하기 시작했다. "허름하지만 깨끗한 아파트였어
요. 맞은편 집에는 에머슨 씨라는 육십대 초반의 노인이
혼자 살고 있었죠. 혼자? 아니, 혼자라고 말하면 안 되죠.
데비라는 이름의 고양이와 함께 살았으니까. 늙고 뚱뚱
한 남자와 고양이 한 마리가 함께 살았단 말이에요." 에
머슨 씨는 뚱뚱해서 걸을 때마다 몸이 좌우로 우스꽝스
럽게 뒤뚱거렸다. 하지만 몸집에 맞지 않게 목소리가 아
주 작았다. 가끔 복도에 서서 에머슨 씨와 이야기를 나눌
때가 있었는데, 그럴 때마다 그는 에머슨 씨가 무슨 말
을 하는지 듣기 위해서 잔뜩 긴장해야 했다. 에머슨 씨는
한 번도 결혼한 적이 없었다. 그들은 그걸 두고 "이혼남

　　　　　　　　　　　　　　　손보미

과 미혼남의 만남"이라고 농담을 나누기도 했다. 그 농담 때문이었는지 어쨌는지, 그들은 격의 없는 사이가 되었다. 어느 날 주말, 에머슨 씨는 그를 자신의 집으로 초대했다. "거기에 바로, 데비가 있었답니다. 배와 발 부분의 털은 하얗고, 나머지 부분은 새까만 고양이였죠. 처음엔 그 집에 고양이가 사는 줄도 몰랐어요. 한참 맥주를 마시고 담배를 나눠 피우고 떠들다 보니, 그 데비란 녀석이 카우치 밑에 앉아서 고개를 쭉 빼고 우리를 바라보고 있더군요. 고양이를 그토록 가까운 데서 직접 본 게 처음이었어요. 그 녀석을 쓰다듬어주려고 했는데, 내가 손을 들자마자 휑하니, 카우치 밑으로 다시 들어가버리더군요. 그제야 에머슨 씨 집에 있는 그 많은 액자 사진이 모두 데비를 찍은 거라는 사실을 깨달았어요. 그러니까 데비는 에머슨 씨에게는 유일한 가족이었던 셈이죠." 그 후로도 에머슨 씨와 그는 가끔씩 만나 재미있는 농담을 하고, 술을 마시고, 담배를 피웠다. 그럴 때마다 데비는 그들을 물끄러미 바라보다가 카우치 밑으로 들어가버렸다. 그는 그 생활이 나름대로 괜찮다고 생각했다. 물론 객관적으로는 만족스러운 상황이라고 말하기는 결코 쉽지 않았겠지만 말이다.

그는 미국인 여자친구를 따라 혈혈단신으로 미국에 왔지만, 결국 결혼한 지 삼 년도 지나지 않아 그녀는 그를 떠나버렸다. 게다가 여러 가지 사정이 겹치는 바람에 다니던 회사도 그만둬야만 했다. "그 여자 때문에 내 인생을 도둑맞은 셈이죠. 안 그래요?" 하지만 그렇더라도 그는 자신이 처한 상황이 나쁘기만 한 것은 아니라고 생각했다. 즐거움과 지루함, 충만함과 외로움이 마치 격자무늬처럼 그의 삶을 질서 있게 채우고 있었고, 그는 그게 묘하게 균형적이라고 느꼈다. 게다가 그에게는 에머슨 씨라는 친구도 있었다. 하지만 그가 그런 묘한 균형감에 취해 있는 동안 그의 통장 잔고는 완전히 균형감을 잃어가고 있었다. 통장 잔고가 균형감을 잃어가자 그의 격자무늬 삶도 점점 균형을 잃어갔다. "다행히도 회사에서 연락이 왔어요. 내가 여전히 일하고 싶다면 필라델피

손보미

아에 있는 지사로 보내주겠다는 거였죠. 사실 더 이상 뉴욕에 있을 이유도 없었으니까. 결국 그곳을 떠나기로 했어요. 에머슨 씨와는 작별 인사를 하고 싶었어요. 뉴욕을 떠나기 전날 밤에 우리는 에머슨 씨 집에서 술을 진탕 마셨어요. 난 어쩌면 술에 취해서 좀 울었는지도 몰라요. 에머슨 씨는 아마도 그런 내 등을 말없이 두드려줬겠죠. 그리고 그날 밤 난 그 집 카우치에서 잠이 들었어요."

새벽에 그는 누군가 자신을 빤히 바라보는 느낌이 들어서 잠에서 깼다. 어둠 속에서 뭔가가 자신을 바라보고 있었다. 그건 데비였다. 데비는 그와 에머슨 씨가 아무렇게나 엎어져 있는 카우치 앞에 우아하게 앉아서 그들을 바라보고 있었다. 그는 자신의 발 쪽에 걸쳐져 있는 에머슨 씨의 팔을 조심스럽게 치운 후, 자리에서 일어났다. 그동안에도 데비는 그냥 그를 보고만 있었다. 그가 에머슨 씨 집에서 나와 현관문을 닫으려는 순간, 그는 데비가 여전히 자신을 보고 있다는 사실을 알게 되었다. 그와 눈이 마주친 데비는 천천히 걸어서 자신 쪽으로 다가왔다. 그리고 앞발만 쭉 펴고 앉아서 그를 올려다보았다. "그게 마치, 떠나고 싶어요, 떠나고 싶어요, 나를 데려가줘요, 라고 말하는 것 같았어요. 데비를 두고 가면 안 될 거 같은 생각이 들더라고요. 모르겠어요. 왜 그런 생각을 했는지." 어둠 속에서 데비의 눈이 반짝, 거리는 게 보였다. 그는 데비를 안았다. 그리고 그는 그길로 그 아파트를, 뉴욕을 떠났다.

"그건 정말 나쁜 짓이네요." 내가 말했다.

"필라델피아로 온 지 보름쯤 지났을 때, 난 데비를 데리고 다시 뉴욕으로 돌아갔어요. 그래야만 했죠. 에머슨 씨에게 그 상황을 설명할 자신은 없었고, 그냥 살짝 데비만 그 집에 넣어줄 생각이었죠. 그런데 그 집이 텅텅 비어 있는 거예요. 관리인에게 물어봤더니, 글쎄, 에머슨 씨가 자살했다고 하더라고요."

"자살이라고요?"

"내가 떠난 지 일주일 후에 목을 매단 걸 발견했다

102   손보미

고 하더군요."

"데비는, 그럼 지금 어디에 있죠?"

"우리 집에요. 데비 보고 싶어요?"

나는 망설이다가 대답했다.

"아뇨."

그는 고개를 끄덕였다. 우리는 다른 많은 이야기를 나누고 많이 웃었다. 하지만 나는 마음속으로 그가 살인자라고 생각했다. 조금 더 시간이 지나자 그런 생각은 내 마음속에서 사라졌고 그 대신, 집으로 돌아가 티 타이머의 파란 잉크가 올라가는 모습을 자세하게 들여다보고 있는 나 자신을 떠올리고 있었다.

손보미

2009년 〈21세기문학〉 신인상과 2011년 〈동아일보〉 신춘문예를 통해 작품 활동을 시작했다. 소설집 『그들에게 린디합을』 『우아한 밤과 고양이들』 『사랑의 꿈』, 중편소설 『우연의 신』, 장편소설 『디어 랄프 로렌』 『작은 동네』 『사라진 숲의 아이들』, 산문집 『아무튼, 미드』 등을 냈다.

백수린   봄날의 동물원

누나를 생각하면 가장 먼저 떠오르는 것은 한 장의 사진이다. 앨범 어딘가에 보관되어 있던 그 사진을 내가 언제 처음으로 보았는지는 잘 모르겠다. 아마도 중학생 때였거나 고등학생 때 즈음이 아니었을까? 아무튼 1980년대 초반에 찍은 것으로 추정되는 그 사진 속에 등장하는 것은 어머니와 아버지, 나와 내 여동생, 그리고 누나다. 나의 유년 시절, 우리가 살던 집의 담벼락을 배경으로 찍은 그 사진 속에서 태어난 지 얼마 되지 않은 여동생을 안고 있는 아버지와 당시의 미스코리아들처럼 잔뜩 부풀린 파마로 한껏 멋을 낸 어머니는 정면을 바라보며 환하게 웃고 있고, 나는 바가지 머리를 한 채 어머니의 치맛자락을 붙잡고 서 있다. 예닐곱 살쯤 되었을 누나는 하늘색 세일러복을 입고 내 옆에 서서 카메라를 응시하고 있다. 담장 너머 덩굴장미가 흐드러지게 피어 있는 그 사진 속에서 다섯 사람은 영락없이 한 가족처럼 보인다. 하지만 그 사진을 처음 보았을 때 내게 인상적으로 각인된 것은 누나와 우리 사이에 존재하는 거리였다. 누군가 시켰을 리 없는데, 사진 속의 누나는 우리에게서 두세 걸음쯤 떨어진 위치에 서 있었다.

누나가 우리 집에 살았던 것은 내가 세 살 때부터 여섯 살 때까지다. 약 삼 년의 시간 동안 큰아버지가 중동에 일하러 가게 되었기 때문이다. 내 기억 속에 존재하지 않는 큰어머니는 누나가 우리 집에 오기 일년 전 암 투병 끝에 세상을 떠났다. 누나가 우리 집에서 살기 위해 짐을 가지고 왔을 당시 상황을 기억하기에 나는 너무 어렸다. 하지만 내가 어린 시절을 떠올리면 누나는 언제나 거기에, 나이보다 조금 더 조숙한 얼굴로 서 있다.

오랜만에 누나의 연락을 받은 것은 마카우 앵무새에 의안을 넣은 후 핀으로 고정하고 표정을 만들던 중이었다. 대부분의 사촌들이 그러하듯, 누나의 전화번호가 휴대전화에 저장이 되어 있다는 사실조차 잊고 지닐 만큼 우리는 연락을 일상적으로 주고받는 사이가 아니었다. 그렇기에 휴대전화 화면에 누나의 이름이 뜨자 나는 집안에 무슨 일이 생긴 것은 아닌가 걱정이 먼저 들었다. 걱정한 것이 무색할 정도로 밝게 인사를 건넨 누나는 내가 일하는 동물원에 모처럼 놀러 온 김에 나를 볼 수 있을까 싶어 연락을 해봤다고 수화기 너머에서 말했다. 누나의 목소리는 공기처럼 가벼웠고, 누나는 업무 중이라 바쁘거나 나오기 눈치 보인다면 다음에 만나도 좋으니 부담을 갖지는 말라고 덧붙였다.

"그냥, 동물원에 왔는데 네가 생각이 나서."

"금방 나갈게."

나는 이제 눈이 생긴 마카우 앵무새를 잠깐 쳐다보면서 답했다. 명절이나 친척의 경조사 모임 때문이 아니라, 그런 것과 무관하게 우리끼리 마지막으로 만난 것이 언제였던가 하는 생각이 들었다. 그런 적이 있기나 했던가? 나는 거의 완성 단계의 마카우 앵무새를 지

퍼백 안에 밀봉해 냉장 보관하고는 손을 오래오래 씻었다.

표본박제실의 문을 열고 밖으로 나오자 밖은 4월의 오후답게 빛으로 가득했고 여기저기에서 새소리와 아이들 웃는 소리가 들려왔다. 누나는 반달곰 우리 앞에서 나를 기다리고 있었다. 무릎까지 내려오는 원피스를 입은 누나는 조금 마른 것 같았고, 못 본 동안 사십 대 초반의 나이에 걸맞게 세월을 타 더 이상 어려 보이지 않았다. 하지만 나를 발견하고 환히 웃자 누나의 얼굴에는 소녀 시절 표정이 순식간에 되살아났다.

"누나가 여기까지 어쩐 일이야?"

나 역시 반가운 미소를 지으며 누나에게 다가갔다. 우리는 근처 노점에서 음료수를 한 잔씩 샀다. 내가 일하는 곳에서 누나를 만난 것이니 내가 사주려고 했는데, 누나가 나보다 빨리 현금을 꺼내어 노점상에게 건넸다. 음료수를 들고 동물원 안을 천천히 걸었다. 울창한 나무들 사이로 살아 있는 동식물들의 냄새가 바람결에 실려 왔다. 누나는 걸음이 느렸고, 오랜만에 만난 누나와 간단한 안부 인사를 주고받으니 할 이야기가 없었다. 누나가 몇 번 아이를 유산한 이후 더 이상 아이를 갖지 못하고 매형과 단둘이 동물원에서 멀지 않은 소도시에서 작은 분식점을 운영하며 살고 있다는 이야기를 어머니로부터 들은 게 누나에 대해 내가 가진 정보의 전부였다.

"넌 장가 안 가니?"

우리가 기린들 앞을 지날 때 누나가 뜬금없이 물었다.

"가야지."

결혼에 대해 별생각이 없으면서 나는 이런 질문을 들을 때마다 으레 그래온 것처럼 기계적으로 대답했다.

"누나는 정말 어쩐 일이야? 나 장가가라고 설득하라는 엄마의 사주를 받고 온 것은 아닐 테고."

친구나 매형도 없이 누나 혼자 동물원에 온 것이 조금 의아했다. 아닌 게 아니라 동물원에 찾아오는 사람들은 가족이나 연인들이 대부분이었다.

"그냥. 동물들도 보고, 너도 보고, 바람도 쐬려고."

누나가 웃으며 답하더니 빨대로 포도주스를 들이켰다. 그냥 동물원에 오는 사람도 다 있나? 누나가 사준 아이스커피를 빨대로 마시며 걷고 있자니, 뭔가 해야 할 말이 있는데 누나가 본론을 꺼내놓지 못하고 있는 것은 아닌가 하는 의구심이 들었다. 혹시 돈이 필요한 건가? 분식점이 잘 되지 않나? 그런 생각이 들자 모처럼 누나를 만나 반가웠던 마음이 사그라졌다. 누나가 아무런 말도 꺼내지 않았는데 지레짐작하고 돈 생각을 하는 나 자신이 조금 한심하게 느껴졌다. 하지만 학자금 대출을 얼마 전에야 가까스로 다 갚은 나로서는 어쩔 수 없는 일이었다. 매달 빠져나가는 월세와 공과금, 부모님께 드리는 약간의 용돈을 제하고 나면 수중에 남는 돈으로 저축하는 것은 사실상 불가능했다. 제지 공장에서 일하던 아버지가 퇴직한 이후 아버지의 임플란트 비용이나 어머니의 맹장염 수술비처럼 돌발적으로 내가 감당해야 할 몫이 늘었다. 나는 누나가 얼른 본

백수린

론을 말해주기를 조바심치며 기다렸다. 그렇지만 누나는 마치 본론이 정말 없는 사람인 것처럼 주스를 간간이 마시면서 지나다니는 사람들을 천진한 얼굴로 구경하고만 있었다. 나는 시간을 흘깃 확인했다. 업무 중에 빠져나온 것이었고, 아직 박제를 끝마치지 못한 마카우 앵무새가 나를 기다리고 있었다.

"영수야, 저기 봐봐."

누나가 가리킨 곳은 동물원 화단이었다. 겹벚꽃나무들 아래서 사람들이 돗자리를 펼쳐놓고 도시락을 먹고 있었다. 나는 사람들로 가득한 그 풍경에서 누나의 눈길을 끈 것이 엄마 아빠 곁에 삼남매처럼 보이는 아이들이 돗자리에 앉아 있는 모습이라는 것을 금세 알아챘다. 레몬색 돗자리의 한쪽 모서리에는 유치원생 같은 여자아이와 남자아이가 앉아 있었는데, 머리 하나만큼 더 큰 여자아이가 고개를 숙이고 더 어려 보이는 남자아이에게 무엇인가를 속삭이면 남자아이는 연신 고개를 끄덕였다. 나는 누나가 아무런 말을 덧붙이지 않았지만 그 풍경을 보며 누나도 나처럼 오래전 우리가 함께 소풍을 갔던 어느 봄날을 떠올리고 있다는 사실을 알았다.

내가 여섯 살이던 그해 봄, 온 가족이 소풍을 간 곳은 고향 근처에 있던 저수지였다. 우리는 버드나무가 줄기를 길게 늘어뜨린 물가에 돗자리를 펴놓고 도시락을 먹었다. 어머니가 준비한 찬합의 한 칸에는 김밥과 유부초밥이 가지런히 줄을 맞추고 있었고 다른 한 칸에는 딸기와 설탕에 재워둔 토마토가 담겨 있었다. 내가 지금까지 그것을 기억하는 이유는 그날 내가 김밥을 먹기도 전에 딸기를 먹겠다고 떼를 쓰다가 아버지에게 혼났기 때문이다. 나의 기억 속에서 아버지에게 혼난 게 서러워 얼굴이 새빨개지도록 우는 여섯 살짜리 꼬마를 달래는 것은, 어린 막냇동생을 돌보느라 정신이 없는 엄마가 아니라 아홉 살짜리 누나다.

"영수야, 기다려봐. 이제 저 남자아이가 곧 올 거야."

아이들을 관찰하고 있던 누나가 장난스러운 눈빛으

백수린

로 말했다. 아니나 다를까, 누나의 말이 끝나고 얼마 지나지 않아 아이는 무엇인가 분한 사람처럼 서러운 사람처럼 요란한 소리로 울기 시작하고 다른 식구들은 그런 아이가 귀여워 폭소를 터뜨렸다.

"너무 귀엽지?"

누나가 아이에게서 눈을 떼지 못한 채 따라서 웃었다.

"귀엽네."

아이가 눈물을 손등으로 닦으며 무언가를 설명하는 모습을 훔쳐보다가 나도 누나를 따라서 웃었다.

"박제 일을 한다고 했지?"

누나가 나의 일에 대해서 물어본 것은 우리가 한동안 걷다가 홍학사 근처의 벤치에 자리 잡고 앉았을 때였다.

"나는 네가 미술을 계속할 줄 알았는데."

"응, 나도. 하지만 미술은 돈이 안 되잖아."

생각해보면, 내가 전공을 바꿔 미대 조소과에 다시 입학했을 때 가장 기뻐해준 것은 누나였다. 설날이었던가? 내 소식을 부모님으로부터 미리 듣고는 나를 보자마자 미대에 가서 어떻게 먹고살 것이냐고 혀를 쯧쯧 차던 어른들의 잔소리에 진력이 나 있을 즈음, 이미 사춘기를 지나며 데면데면한 사이가 된 누나가 내게 다가와 선물을 건넸다. 반 고흐의 복제화들을 모은 화집이었다.

"박제 일도 어떤 면에서는 미술이랑 닮았어."

나는 얼른 덧붙였다. 실제로 발포우레탄을 성형해서 만드는 과정은 조소 작업과 유사했고, 나는 그런 것에서 재미를 느끼곤 했다.

"죽은 동물을 보면 무섭진 않니?"

누나가 뜬금없이 물었다. 그것은 내가 일을 시작한 이후 가장 많이 듣는 질문이었다. 수의사의 연락을 받고 사수를 따라 부검실로 동물의 사체를 처음 보러 갔던 오래전의 일이 떠올랐다. 내가 최초로 본 죽은 동물은 시베리아 호랑이였다. 온기가 사라진 호랑이의 몸은 차갑고 뻣뻣했다.

"전혀. 박제를 완성하면, 동물에 생명을 다시 불어넣어준 것 같아서 기분이 좋아."

누나가 잠시 아무런 말도 않고 가만히 있어 나는 습관적으로 손의 냄새를 맡았다. 같이 있는 사람이 갑자기 입을 다물거나, 지하철 같은 곳에서 옆사람이 지하철이 정차하지도 않았는데 자리에서 일어나면 손의 냄새를 맡는 것은 이 일을 시작하고 나서 내게 생긴 버릇이다.

"좋은 일이구나."

누나가 빨대를 빨자 음료가 얼마 남아 있지 않은 컵에서는 요란한 소리가 났다. 그러고 나서 누나는 나의 작업이 정말 미술과 닮은 것 같다고 말했다. "화가들도 작품을 통해서 삶을 불멸로 만들잖아"라고도. 그리고 누나는 나에게 암스테르담에 가보았는지를 묻더니 〈밀밭에서 수확하는 사람〉을 보기 위해 반 고흐 박물관에 가보는 것이 꿈이라고 했다. "죽어도 영원히 산다는 것, 근사하지?"라면서.

나는 그제야 누나가 사실은 나보다 더 미술을 좋아했다는 사실을 기억해냈다. 어린 시절, 달력 뒷면에 색색의 크레파스로 선을 그으며 색깔의 이름들을 알려준 사람이 바로 누나였다. 누나가 미대를 지망했던가? 나는 누나에 대해 아무것도 모른다는 사실을 새삼 다시 깨달았다. 한때는 그렇게 악착같이 누나 뒤꽁무니를 쫓아다녔던 적도 있었는데. 누나는 내가 귀찮지 않았을까? 아마 귀찮았겠지. 중동에서 돌아온 큰아버지가 누나를 데리고 가버린 이후, 여동생이 나를 쫓아다니기 시작했기 때문에 나는 어린애를 달고 다니는 것이 얼마나 귀찮은 일인지 잘 알았다. 누나는 틀림없이 그 시절 외로웠겠지? 하지만 나의 기억 속에서 누나는 울거나 슬퍼하지 않는다. 우리는 벤치에 앉아서, 너무 어린 막냇동생을 떼어놓고 해바라기가 피어 있는 이웃집 논두렁을, 하얀 연기를 뿜는 소독차가 지나는 집 앞 신작로를 우리가 뛰어다닌 날들에 대해서 이야기했다. 저기 봐봐, 영수야 저건 무슨 색이

　　　　　　　　　　　　　　백수린

야? 누나가 물으면 내가 노란색, 파란색, 소리를 지르던 날들. 바람이 불면 연초록의 강아지풀들이 흔들리고, 붉은 사루비아 꽃이 흔들리고, 누나의 단발머리가 검은 물결처럼 흔들렸다. 기억 속에서 사시사철 붉던, 누나의 볼. 달리다 넘어져 무릎이 까져 울면 다가와 상처를 불어주던 누나의 반짝이는 속눈썹.

몇 년 뒤면 나는 친구의 결혼식장에서 우연히 재회한 중학교 동창과 짧은 연애를 하고 결혼을 할 것이었고, 세부로 간 신혼여행에서 쌍둥이 딸을 만들어 신혼기간도 없이 아이들을 낳고 키우느라 정신없는 삶을 살 것이었다. 쌍둥이 아이의 돌잔치에는 쌍둥이를 낳을 유전자를 물려주신 장모님과 쌍둥이 이모님까지 참석해 많은 이들의 주목을 받을 거였다. 딸들은 무럭무럭 자라서 나중에는 더 이상 똑같은 옷을 입기 싫다고 화를 내고, 서로 다른 친구들과 사귀고, 각자의 방식대로 자라나 짝사랑을 하고, 실연을 할 것이다. 하지만 이 모든 일들이 일어나는 나의 삶에 누나는 존재하지 않을 것이었다. 누나가 나를 보러 동물원으로 찾아왔을 당시 누나는 췌장암을 앓고 있었지만, 나는 그 사실을 몰랐다. 아무것도 몰랐으므로 나는 그 봄날, 한낮의 홍학사 앞에서 그저 누나와 함께 잠시 앉아 있었을 뿐이다. 그리고 누나의 가는 팔을 붙잡고 "저기 봐!" 하고 소리 쳤다. 꼬마 아이가 된 것 같은 마음으로. 한낮의 물가에서, 분홍색의 홍학들이 일제히 날개를 들어 올렸다.

백수린

백수린

2011년 〈경향신문〉 신춘문예를 통해 작품 활동을 시작했다. 소설집 『폴링 인 폴』 『참담한 빛』 『여름의 빌라』, 중편소설 『친애하고, 친애하는』, 장편소설 『눈 부신 안부』, 산문집 『다정한 매일매일』 『아주 오랜만에 행복하다는 느낌』 등을 냈고, 아고타 크리스토프의 『문맹』, 마르그리트 뒤라스의 『여름비』, 아니 에르노의 『여자아이 기억』, 프랑수아즈 사강의 『해독 일기』, 시몬 드 보부아르의 『둘도 없는 사이』 등을 우리말로 옮겼다.

정지돈　　　　　　　어느 서평가의 최후

그는 결국 서평에 자신의 이야기를 쓰기 시작했다. 고골의 「외투」에 대한 서평에는 백화점에서 구스다운을 산 이야기, 마이클 루이스의 『머니볼』에는 LG 트윈스에 대한 이야기, 카프카의 『소송』에는 건강보험료 이야기를 썼다. 그의 서평은 극심한 비난에 휩싸였지만 (책 이야기를 해주세요! 서평란이 잡담란입니까!) 편집장은 서평란 따위에 신경을 쓰지 않았기 때문에 어떤 비난이 있는지 알 수 없었다. 극심한 비난이라고 해봤자 열 명 내외의 트위터리언에 불과했다.

그의 서평은 날이 갈수록 자기 고백적이고 기괴한 형상으로 변해갔다. 『지하생활자의 수기』의 주인공이 서평으로 화한다면 아마 이런 모습일 것이다. 이상한 일은 다음이었다. 서평이 기괴해질수록 마니아층이 늘기 시작한 것이다. 사람들은 자기혐오적이고 비관적인 서평에 열광했고 그가 기고하는 잡지의 구독률은 기하급수적으로 치솟았다. 그가 기고하는 잡지는 시사주간지로 후원자들에 의해 근근이 생명을 유지하

는 곳이었는데 갑작스런 정기 구독자의 증가에 담당
자들은 당황했고 증가의 요인이 서평이라는 사실을
알고 난 뒤에는 더욱 당황했다.

서평가만이 이 사실을 모르고 있었다. 그는 서평에
대한 믿음을 잃었고 책의 내용을 전달하거나 사람들
을 설득한다는 게 불가능하다는 사실을 깨달았기에
그저 자신의 삶을 마구잡이로 쓸 뿐이었다. 그러니까
그는 서평으로 자서전을 쓰고 있었다.

얼마 지나지 않아 주요 출판사들의 게시판은 서평
가의 팬들에 의해 도배되기 시작했다. 서평가의 서평
집을 내달라고 아우성을 치는 글들이었다. 서평가는
식은땀을 흘렸다. 자신의 글을 누가 보고 있었단 말인
가. 그는 아무도 글을 읽지 않는다는 확신을 갖고 있
었기 때문에 그런 서평을 썼다. 그의 서평에는 그의
내밀한 사정이 모두 담겨 있었다. 처음 기른 개가 죽
은 이야기, 엄마의 심부름으로 프라이팬을 사러 갔다
가 게임보이를 산 이야기, 아버지가 밥상을 엎고 집을

정지돈

나간 이야기, 친구의 여자친구의 담배를 훔친 이야기, 고속도로 톨게이트 앞에서 술에 취해 춤을 춘 이야기 등 부끄러운 이야기들이 즐비했다.

그러나 단행본 제안은 수락했다. 어차피 책 아닌가. 단행본으로 나오면 사람들은 더욱 자신의 글을 읽지 않을 것이 뻔했다. 아무도 책을 읽지 않는 세상에 책이 나온다는 사실도 신기했고 게다가 그 책이 책에 대한 책이라니! 그는 책을 냈다.

잡지에서 평소와 다름없이 서평 청탁이 왔다. 그는 메일에 첨부된 청탁서를 열어보는 순간 깜짝 놀라고 말았는데 그건 이번 호 서평 대상 책이 자신의 책이었기 때문이다. 그는 담당자에게 전화를 걸었다.

제 책에 대한 서평을 쓰라는 말입니까.

확실히 흥미로운 일이군요. 서평가가 자신의 서평을 묶은 책의 서평을 쓰다니. 그러나 못 할 것도 없지요. 마감일은 다음 주입니다.

담당자는 재빠르게 전화를 끊었다.

서평가는 고민했다. 내가 내가 쓴 서평을 모은 책의 서평을 쓰는 일이 도덕적으로 윤리적으로 미학적으로 타당한가. 그는 자신이 존경하는 외팔이 영화평론가에게 전화를 걸었다.

외팔이 영화평론가는 마감을 지키지 않으면 자신의 팔을 잘라서 보내리라는 준칙을 가지고 있던 사람으로 어느 날 쏟아지는 청탁으로 인해 마감을 어기게 되었다. 해당 잡지사에는 그의 왼팔이 랩에 둘둘 싸여 택배로 도착했다. 평론가는 외팔이 된 이후 영화평론을 접고 영화감독의 길을 걷게 되었으며 지금은 한국의 영화평론가에 대한 다큐멘터리를 찍고 있었다.

제가 제 책의 서평을 쓰는 게 옳은 일일까요.

저는 다큐를 완성하고 나면 다시 영화평론을 할 생각입니다. 첫 평론 작품은 제 영화가 될 것입니다.

영화평론가는 내가 아니면 누가 나에 대해서 말할 것인가, 라고 말했다. 우리는 나르시시즘의 시대에 살고 있습니다. SNS는 시대의 징후이며 휴대폰은 시대의 페티시입니다. 나르시시즘-휴대폰-SNS는 영화감독-영화-영화평론이며 동시에 서평가-서평-서평집이라는 뫼비우스의 띠를 이룹니다. 서평집에 대한 서평은 순환의 화룡점정입니다.

결국 마감일이 다가왔고 서평가는 책상 앞에 앉아 밤을 새우며 서평을 썼다. 자신의 서평집을 보는 일은 그의 삶을 돌아보는 일이었다. 그는 자신의 삶을 반성했고 분석했으며 평가를 내리는 글을 썼고 그 글은 그의 책에 대한 서평이었다. 그러면 내 삶은 한 권의 책인가. 서평가는 생각했다. 그는 처음으로 자신이 쓴 서평에 만족했고 처음으로 자기혐오에서 벗어나 행복감을 느낄 수 있었다.

안타까운 건 독자들이 그의 새로운 서평을 마음에 들어하지 않았다는 사실이다. 그의 서평은 인기를 잃었고 잡지의 구독률은 떨어졌으며 얼마 지나지 않아 서평란은 폐지되었다. 서평가는 일자리를 잃었고 그의 서평집은 아무도 보지 않는 서가의 구석에 처박혔다. 서평가는 서평을 접고 소설을 쓰기 시작했다. 자신의 삶에 대한 소설로 제목은 「어느 서평가의 최후」였다.

정지돈

정지돈

2013년 〈문학과사회〉 신인상을 받으며 작품 활동을 시작했다. 소설집 『내가 싸우듯이』 『우리는 다른 사람들의 기억에서 살 것이다』 『인생 연구』 『브레이브 뉴 휴먼』, 중편소설 『작은 겁쟁이 겁쟁이 새로운 파티』 『야간 경비원의 일기』, 장편소설 『모든 것은 영원했다』 『…스크롤!』, 연작소설 『땅거미 질 때 샌디에이고에서 로스앤젤레스로 운전하며 소형 디지털 녹음기에 구술한, 막연히 LA/운전 시들이라고 생각하는 작품들의 모음』, 산문집 『영화와 시』 『당신을 위한 것이나 당신의 것은 아닌』 『스페이스 (논)픽션』 등을 냈다.

박서련   거의 영원에 가까운
                        장국영의 전성시대

맹순영은 배우다. 아직까지 주연을 맡은 적은 없지만 주연이었던 적이 없다고 해서 배우가 아닐 리 없다. 주연은커녕 배우로서 스크린에 노출된 시간을 초당 밥알 한 알로 환산할 때 맹순영의 출연 시간은 아무리 끌어모아도 밥 한 큰술이 될까 말까 하지만 그래도 맹순영은 배우다. 이 사실은 영원히 또한 매 순간 맹순영의 자존과 자조의 양가적인 근거가 된다. 맹순영은 배우지만 맹순영이 배우인 것을 맹순영 말고는 아무도 모르는 것 같다는 사실. 또한 맹순영이 배우인 것을 아무도 모름에도 맹순영은 배우이기 때문에 맹순영은 이 일을 계속할 수 있다.

곧 세상이 망할 거래.

맹순영은 지금도 촬영 현장에 있다. 주연배우가 상대역의 손을 잡고 읊는 Y2K에 대한 긴 대사를 들으며 육교를 건너는 연기를 하고 있다. 2000년 1월 1일 00시가 되면, 연도를 1999까지밖에 인식하지 못하는 세상의 모든 컴퓨터 기계가 현재를 1900년으로 인식하게 되고 그로 인해 파생된 다른 오류들로 인하여 결국은 세상이 망한다고 한다. 맹순영은 Y2K를 믿지 않는다. 크게 과학적인 반론이 가능해서는 아니고 이 현실이 망하는 데에는 더 그럴싸한 이유가 필요하지 않겠는가 하는 것뿐이다. 컷. 감독의 목소리에 맹순영은 움찔 놀라며 멈춰 선다. 이런 순간마다 맹순영은 양손을 교차해 팔꿈치를 쥔다. 감독이 자기를 비난할 것 같은 불안감에 전신이 떨리는 것을 막기 위해서다. 물론 감독에게는 보조 출연자 맹순영이 육교를 건너는 걸음걸이를 비난하려는 마음이 없다. 자, 지금보다 천천히 해볼까? 주연배우는 대사가 너무 어려워서 외운 대로만 말하려다 보니 저도 모르게 말이 빨라진다고 엄살을 피우고 한편 맹순영의 연기는 완벽하다. 육교의 끝에서 끝까지 걸어가는 것보다 난이도가 좀 더 또는 훨씬 높은 역할도 맹순영은 완벽하게 해낼 수 있지만 그것은 아직 맹순영조차 모르는 사실이다. 맹순영은 입속으로 Y2K에 대한 미신으로 구성된 주연배우의 대사를 완벽한 속도로 되뇌며 육교를 건넌다. 이 과정이 여러 차례 반복된다.

촬영이 끝나고 맹순영은 늘 하던 대로 유통과 비디오 대여점에 들러 집으로 간다. 한쪽 옆구리에는 라면 한쪽 옆구리에는 비디오. 유통에 들어가 라면을 고르고 계산한 다음 나오는 데에는 일 분이면 충분하지만 대여점에서 비디오를 고르는 시간은 웬만한 영화의 러닝타임만큼 길어지기도 한다. 비디오를 고르는 과정에도 서사가 있기 때문이다. 맹순영은 홍콩영화를 숭배한다. 그런데 맹순영이 가장 좋아하는 배우는 짐 캐리다. 짐 캐리의 대표작 〈마스크〉를 패러디한 〈홍콩 마스크〉의 배우 주성치도 만만찮게 좋아하지만 홍콩 배우 하면 아무래도 장국영이고 장국영이냐 짐 캐리냐 하면…… 이런 식이다. 한 손에 비디오 갑을 하나씩 들고 벌이는 맹순영의 토너먼트는 대여점 닫는 시간까지 계속될 수 있고, 실로 그런 선례가 드물지 않다. 다만 오늘은 아니다. 맹순영은 〈아비정전〉을 보

려 한다. 맹순영은 이 영화를 사흘 전부터 보고 싶어
했고 대여점 직원은 바로 오늘 이 비디오가 돌아올 것
이라고 했다. 맹순영은 비디오 진열장까지 갈 것도 없
이 카운터에서 비디오를 받아 대여료를 치르고 나온
다. 한쪽 옆구리에는 라면 한쪽 옆구리에는 비디오.
맹순영은 자취방으로 올라가는 언덕길에 한 발을 디
딘다.

달이 밝구나.

맹순영은 생각한다. 둥글고 커다란 천체가 스포트
라이트처럼 맹순영을 겨냥하고 있다. 이것은 맹순영
의 생각도 이 기록에 미적 또는 환상적 분위기를 더하
고자 하는 과장된 수사도 아니다. 맹순영이 달이라고
생각하는 구체는 실제로 맹순영을 비추고 있다. 맹순
영이 좋아하는 짐 캐리의 주연작 〈트루먼 쇼〉에서 그
랬던 것처럼.

비디오 대여점에 발을 들인 순간부터 맹순영은
AR Alternative Reality, 대체현실 시뮬레이터 안에 들어와 있는

박서련

상태다. 대여점 직원의 안내와 또 맹순영의 바람과는 다르게 오늘 〈아비정전〉은 대여점으로 돌아오지 않았다. 맹순영이 알 필요 없는 〈아비정전〉의 직전 대여인은 이 영화에 일주일치 연체료까지는 기꺼이 낼 수 있는 사람이다. 즉 맹순영이 왼 옆구리에 끼고 있는 라면은 실재하지만 오른 옆구리에 끼고 있는 〈아비정전〉 비디오는 실재하지 않는다. 그건 맹순영이 기대하는 현실이 그래야만 하는 바에 따라 구성된 대체현실의 부산물이다.

여기에서 내가 등장한다. 나의 등장은 맹순영의 기대현실―그래야만 하는 바에 해당하지 않기 때문에 맹순영은 자취방 언덕길에서 내려오는 정장 입은 남자 모양 인간을 보고 조금 경계심을 품는다. 그것이 자신 앞을 막아서는 순간 맹순영의 경계심은 공포심으로 전환된다. 한편 맹순영은 뛰어난 연기자이기 때문에 곧바로 그 감정을 안면에서 숨길 수 있다.

"신뢰도를 고려해서 남성형 피규어를 선택했는데

잘못 생각한 것 같군요."

나의 외피가 남성 세일즈맨형에서 여성 세일즈맨형으로 바뀌는 광경을 맹순영은 입을 벌리고 바라본다.

"안심하세요. 이게 진짜 모습이니까요."

맹순영의 눈에는 여전히 도주 충동이 비치지만 한편으로 나의 외피가 남성형일 때에 비하여 안정적인 반응을 보인다. 다만 갑자기 모습이 변하는 낯선 이에 대한 경계심은 극에 달한 상태다. 나는 맹순영이 도주하거나 소리를 지르려 하기 전에 말을 꺼낸다.

"우리는 맹순영 씨에게 해를 끼치지 않습니다."

순간 맹순영이 느끼는 혼란은 주로 "우리"라는 표현과 "맹순영"이라는 이름의 정확한 언급에서 기인한다.

"국정원에서 나오셨나요?"

"아닙니다."

맹순영은 대학 시절을 떠올린다. 과거 맹순영은 학생회에 적을 두었고 농활에도 몇 번 다녀왔으며 열정

적으로 활동했던 연극 동아리에서는 구소련에서 쓰인
연극 교본을 사용했으나 맹순영 본인이 확실히 국정
원의 표적이 될 만한 활동을 한 적은 없다. 애초에, 몰
래 대학을 그만두고 시골집에서 부쳐준 등록금을 야
금야금 까먹으며 연기 활동을 하고 있는 맹순영을 이
런 식으로 급습할 확률이 높은 것은 국정원이 아니라
맹순영의 부모 쪽이다. 또한 말할 나위도 없지만 아무
리 국정원이라고 해도 갑자기 모습이 변하는 요원 같
은 것은…….

"잠깐 같이 걸으면서 이야기할까요?"

경악과 혼란이 경계심을 압도했기 때문에 맹순영은
나의 제안을 받아들인다. 나는 명함을 건네지 않는다.
내가 출발한 시대에는 명함을 더 이상 만들지 않을뿐
더러 시공간 이동의 증거가 될 만한 것은 남기지 않는
편이 좋다. 대신에 나는 곧장 용건을 밝힌다.

"배우 맹순영 씨를 장국영 씨의 상대역으로 캐스팅
하려고 합니다."

"장국영이요? 제가 아는 장국영이요?"

나는 맹순영의 얼굴에 떠오른 여러 감정들을 분석한다. 이전에 느낀 경악과 공포가 완전히 가시지 않은 가운데 기쁨과 긍정적인 놀라움이 전면에 두드러졌다가 곧 의구심에 밀려 옅어진다.

맹순영은 에로배우들의 예명이 유명 배우의 이름을 패러디하는 식으로 지어지기도 한다는 사실을 떠올린다. 혹시 장'구경'의 상대역으로 에로영화에 나와달라는 말을 내가 멋대로 착각하고 있는 게 아닐까? 주어진 전제가 한정적인 지금 맹순영이 느끼는 이 같은 혼란을 불합리하다 할 수는 없다.

"네, 홍콩 배우 장국영 씨를 말하는 것이 맞습니다."

"제가요? 장국영하고요?"

"그렇습니다."

"제가 나오는 영화를 한 편이라도 보셨어요?"

"여러 요소를 종합적으로 고려한 결과 맹순영 씨야말로 장국영 씨의 상대역에 사상 가장 적합한 배우로 지명되었습니다. 적어도 우리가 준비하고 있는 작품에서는 말이죠."

"사상 가장 적합하다고요?"

"그렇습니다."

맹순영은 깔깔 웃는다. 마침내 공포와 경악이 완전히 지워진 얼굴이다.

"그걸 어떻게 알아요? 죽은 사람들하고도 비교를 할 수 있단 말이에요?"

"바로 그렇습니다. 제가 출발한 시대 기준으로는 맹순영 씨도 이미 죽은 사람이니까요."

맹순영의 얼굴에서 웃음이 지워진다.

"우리는 23세기에서 영화 사업을 하고 있습니다."

나는 맹순영의 이해를 돕기 위해 우리의 사업에 대한 설명을 덧붙인다.

"현실적으로 우주여행이 부호들의 값비싼 취미나 기업들만을 위한 것이 될 수밖에 없듯 시공간상 이동도 아직까지는 기업들의 전유물입니다. 돈이 매우 많이 드는 이동 수단이거든요. 자동차와 비행기를 상상해보세요. 19세기에는 자동차를 아무나 탈 수 없었지만 20세기 현재는 '1가구 1자가용'이라는 표어가 유행하고 있죠. 비행기 역시 현재 기준으로는 너무 비싸서 아무나 탈 수 없는 이동 수단이고요. 아직까지는 웬만한 대기업이 아니면 시공간 이동을 시도하기 어렵고, 엔터 산업에서 가장 활발하게 시공간상 이동을 활용하고 있죠."

우리는 맹순영의 자취방을 향한 언덕길을 천천히 걸어 올라간다.

"우주여행과 시공간상 이동의 산업성의 가장 큰 차이는 아무래도, 현재 지구에 없는 자원을 개발하거나 채굴하는 것이 우주에서는 가능하지만 시공간상의 이동을 통해서는 불가능하다는 것이니까요. 쉽게 말해 1990년대의 지구에 미래의 지구에서나 과거의 지구에서 화석연료를 빌려올 수는 없다는 말입니다. 그것은 현실에 지나치게 큰 영향을 미치거든요."

박서련

맹순영은 내 설명의 칠십오 퍼센트 정도를 이해하고 있다. 이는 영화광치고도 상당한 수치다. 대부분의 영화광은 시간 여행에 대한 이해도가 높다. 굳이 시간 여행물에 대한 애호 성향이 없는 경우에도 그렇다. 영화라는 것의 편집 형식 자체가 시간상의 도약을 상당히 직접적으로 은유하기 때문이다.

"애초에 미래의 지구에서 빌려오는 것은 현재로서는 불가능한 것이고요. 시공간 이동은 현재로부터 과거로만 가능하거든요."

"그러면 저…… 그쪽의 현재가 다시 미래가 되지 않나요. 지금 시점에서는 23세기는…… 한참 먼 미래가 아닌가요?"

"현재에서 과거로의 이동만이 가능하다는 것은 시간과 공간의 좌표를 아는 점 A에서 점 B로 이동할 수 있다는 의미입니다. 고정된 좌표에서 다른 고정된 좌표로의 이동 말이지요. 이론상 미래의 어떤 시점으로 예상되는 좌푯값을 임의로 사용하여 미래로도 이동할 수는 있겠지만 말할 것도 없이 그건 매우 위험한 일입니다. 이해하시겠습니까."

맹순영은 고개를 끄덕인다.

"저는 좌푯값이 고정된, 안정적인 현재에서 출발했고, 이런 식이라면 사람 한 명을 저의 현재로 이동시켰다가 그 사람의 현재에 돌려놓는 정도는 얼마든지 가능하지요."

이 순간 맹순영이 제일 먼저 떠올리는 레퍼런스는 〈빽 투 더 퓨쳐〉 시리즈다.

"그렇지만…… 제가 여기서 사라지면 역사가 바뀌지는 않나요?"

맹순영 정도의 개인이 사라지는 것이 역사에 큰 영향을 미치지는 않는다고 말하는 방법도 있다. 바로 이 현재에 맹순영은 이렇다 할 대표작이 없기 때문에 맹순영의 부재나 실종은 실로 역사에 큰 영향을 미치지 않는다. 이후에 맹순영이 맡게 될 가능성이 있는 중요한 배역은 다른 사람이 대신 맡게 된다. 말하자면 영

박서련

화 제작의 방식과 상당히 직접적으로 겹치는 일이다. 주연배우로 점찍어둔 사람이 죽거나 다치면 다른 배우를 캐스팅하듯 우주의 거시사와 미시사도 그런 식으로 대안을 찾는다.

그러나 나는 그런 방식으로 말하지 않는다.

"이번에는 신선놀음에 도끼자루 썩는 줄 모른다는 말을 떠올려봅시다. 반대로요. 신선계에서 두어 시간을 보내고 돌아오니 인간 세상에서는 백 년이 흘러 있었다는 이야기를 아시겠죠. 우리는 맹순영 씨를 데리고 영화 한 편을 찍은 다음 맹순영 씨가 떠나온 그 순간 바로 다음으로 맹순영 씨를 복귀시킬 수 있습니다. 당신의 현재에서는 일 초간의 부재, 우리의 현재에는 일 년간의 촬영이 가능한 거죠. 이해하셨습니까?"

"만약에 제가 촬영 중에 죽거나 해서 돌아올 수 없게 된다면요?"

"예리한 질문이군요. 사실 우주는 그 정도의 변화에는 적응력을 갖고 있습니다. 가령 맹순영 씨가 매일

콩나물이나 두부를 사는 부식집이 있다고 칩시다."

"매일 라면을 사는 유통이 있어요."

"그런 식으로 지속적인 영향력을 주고받는 요소들이 있다고 치자는 얘기죠. 그곳에서 맹순영 씨가 달마다 십 전씩을 썼고 앞으로도 쓸 예정이었다고 칩시다."

"십 전이라니 지금이 해방 전후도 아니고……?"

"실례했습니다, 화폐제도만큼은 적응이 잘 안 되어서. 아무튼 십 전이라고 치고요, 달마다 십 전씩을 쓰던 당신이 이 현재에서 사라지면 그 유통이란 것은 매달 십 전씩을 손해보게 되겠지요. 그것이 어떤 파급효과를 낳을지는 모르고요. 그것을 방지하기 위해 다른 사람들이 조금씩 돈을 더 써서 유통의 손해는 최소화됩니다. 물론 이 현재와 큰 차이가 나지 않도록 당신 대신 소비하는 다른 사람들에게도 수입이 조금씩 더 주어지지요. 이런 겁니다……. 물이 표면장력을 갖고 있듯이 우주도 정해진 상태를 유지하려는 습성을 가지고 있는 거죠."

"그렇게 말씀하시니 마치 우주가 하나의 생명체인 것처럼 들리네요."

맹순영은 조금쯤 감동한 얼굴로 그런 말을 한다.

"제가 뭘 알겠습니까? 저도 영화장이고, 방금 설명 드린 건 시공간 이동을 통해 배우를 캐스팅할 때 브리 핑하는 기본적인 개념들에 불과합니다."

맹순영은 여전히 나의 말을 완전히 믿지는 않지만 적어도 흥미는 느끼고 있다.

"그렇지만 그렇게 과학이 발달한 미래라면…… 왜 굳이 과거에서 배우를 데려다 써야 하나요? 인간보다 완벽한 연기를 할 수 있는 로봇…… 그런 것은 없나 요?"

맹순영은 나를 가리키면서 묻는다. 남자처럼 보였 다가 여자처럼 보이게 되는 기술도 있는데 굳이? 라 고 하는 것이다.

"물론 말씀하신 것처럼 인간보다 미적으로 우수한 안면부를 이용해 인간에게 호소력이 있는 표정을 구사할 수 있는 안드로이드도 개발되어 있습니다. 배우들의 안전 문제에 민감하게 반응하여 인공 배우를 선호하는 관객들도 늘어나고 있는 추세고요…….”

그것이 나는 아니라는 의미에서 고개를 저으며 말한다.

“이렇게 말씀드리면 이해하시겠습니까? 어떤 시대에나 최고급품은 결국 수제품입니다. 특정 산업이 폭발적인 수준으로 발전할 때 일시적으로 공산품이 유행하는 사례도 있지만 결국은 자연스러운 것을 가장 아름답게 여기는 것이 인간의 경향이라는 이야기입니다.”

이 말이 자신에 대한 칭찬으로 들렸는지 맹순영은 얼굴을 붉힌다. 사실 내가 속한 시대에서 인간이 직접 출연하는 영화 산업은 화려한 사양산업에 해당한다. 가장 막대한 자원이 투입되지만 선호 관객층은 기대보다 많지 않고, 개별 작품의 질보다는 캐스팅이나 로케이션에 시공간 이동이 사용된다는 점을 적극 홍보

해 이윤을 챙기는 형편이다. 극장은 여전히 매력적인 공간이고 우주여행도 시공간 이동도 시도할 수 없는 대부분의 관객들에게는 영화를 통한 대리 체험과 다른 시대의 인물을 만나는 경험이 아직 효력을 발하고 있지만, 대리 체험을 더 실감 나게 할 수 있는 매체가 많이 개발되어 있기에 간접경험으로써 영화의 힘은 점점 퇴색하고 있음 또한 부정할 수 없는 경향이다.

나는 이런 점들을 이야기해 막 동하기 시작한 맹순영의 의지를 꺾지 않을 것이다. 내가 영화장이라는 것도 거짓말은 아니다. 나는 맹순영이 참여할 새 프로젝트가 다시 살아 있는 인간이 출연하는 영상의 시대를, 그야말로 영화의 시대를 열어줄 것을 기대한다.

"사실 시공간 이동으로 캐스팅해온 배우가 저희 시대에 정착한 케이스도 몇 있습니다. 누구라고 말씀드리진 않겠습니다, 오시면 자연스레 아시게 될 테니까. 이 현실에서의 마지막을 자연스럽게 연출해드릴 수도 있습니다. 실종이든 사망이든."

이 말에 맹순영은 이상하게도 부끄러움을 타면서 묻는다.

"그런데 왜 하필 저인가요? 그렇게까지 해가면서 저를 캐스팅하는 게…… 손해가 아닐까요? 장국영이라면…… 그래요, 자질은 둘째 치고, 저는 일단 홍콩 말을 못하는데요. 역시 제가 홍콩 말을 배워야 하겠죠? 그분이 저 때문에 한국어를 배우는 건 말이 안 되겠죠?"

무엇으로 예를 들어야 할까? 나는 맹순영의 시대에서 일반적으로 사용되는 통신기기를 뇌내망으로 검색해 인용한다.

"맹순영 씨도 삐삐를 사용하시죠?"

"네."

"삐삐가 있어서 성립도 되고 삐삐에 의해 방해되기도 하는 서사가 있다는 것을 아시겠죠. 가령 잘못 입력한 번호 때문에 낯선 이와의 인연이 시작되는가 하면 삐삐 암호를 오해해서 사이가 틀어지는 경우도 있

박서련

지요. 제가 출발한 시대에도 그런 것이 있습니다. 통역기의 기능적 한계로 인한 오해가 발생시키는 로맨스 같은 것이요. 장국영 씨와 맹순영 씨는 둘 다 원어로 연기하면 됩니다. 20세기의 광둥어와 한국어로요. 우리 시대의 관객들은 자막 없이, 그것이 오래된 외국어인 것을 인지하면서 동시에 의미는 그대로 파악할 수 있습니다. 보통 출생과 동시에 언어중추에 직접 관여하는 바이오봇 통역기를 삽입하거든요."

"그건 참 근사한 일이네요."

맹순영은 내 말의 팔십 퍼센트 정도를 이해한 상태에서 그렇게 말한다.

"그런데 무엇이 망설여지십니까?"

"글쎄요……."

맹순영은 아직까지 이 계약에 응할 의사를 보이지 않고 있다. 나는 맹순영의 표정과 제스처와 심박과 침 삼키는 빈도와 눈 깜빡임을 분석하여 맹순영의 망설임을 읽는다.

망설임 한편에 이 멋진 변화에 완전히 의탁해버리고 싶은 충동이 맹순영에게는 있다. 맹순영은 대표작이 없는 무명 배우다. 배우 맹순영의 이름을 기억하는 사람이 있기는커녕 지금까지 맹순영이 스크린에 노출된 시간을 다 합쳐서 초당 밥알 한 알로 환산해도 밥 한 큰술을 채우기 어려울 정도로 맹순영의 존재감은 적다. 그런 현재를 등지고 나를 따라 23세기로 떠나 아예 시공간 망명자 겸 배우로 살아가는 것은 맹순영이 선택 가능한 미래 중에서 가장 매력적인 것이다. 다소 위험하지만 해볼 만한 거래라고 할 수 있다. 맹순영 자신이 생각하기에는 보잘것없는 것 같은 판돈을 높이 쳐주겠다는 상대하고라면.

"그렇다면 왜 장국영이죠."

"인기 있는 배우지 않습니까?"

"그러니까 말이에요."

맹순영은 마른침을 삼킨다.

"저는 여기에서 아무것도 아니지만…… 장국영은

박서련

이미 전설적인 배우잖아요."

맹순영은 처음으로 나의 당황한 표정을 본다. 나 역시 여기에서 약간의 도박을 거는 수밖에는 없다. 맹순영을 얼마나 캐스팅하고 싶은지를 알려주기 위해서 다소의 출혈을 감수해야 한다. 즉 발설해서는 안 되는 진실을 암시해야 하는 것이다.

"그건······ 그의 시간이······ 이 시대에서는 다하기 때문입니다."

"장국영이 죽나요?"

나는 대답하지 않는다. 맹순영은 안면 전면에 강한 슬픔을 드러냈다가 천천히 그 슬픔을 걷어낸다.

"지금은 가지 않겠어요."

"지금은?"

"네, 다시 오실 수 있잖아요? 제 눈으로······ 확인하고 싶어요."

나는 맹순영이 확인하고 싶은 것이 무엇인지 묻지 않는다. 또한 맹순영을 캐스팅하기 위해 한 번 시공간

이동을 감행할 때마다 우리가 투자해야 하는 막대한 자본에 대해서도 말하지 않는다. 따라서 우리가 맹순영을 캐스팅하기 위해 감수하는 소비가 맹순영이 얼마나 중요한, 뛰어난 배우인지를 말해준다는 것 또한 언급되지 않는다. 언덕 꼭대기에 다다라 작은 지붕과 담들로 이루어진 미로에, 맹순영의 자취방이 있는 골목에 진입하기 직전 맹순영이 다시 입을 연다.

"가시기 전에 여쭤보고 싶은 게 있어요."

"무엇입니까?"

"저의 전성기는 언제죠?"

나는 맹순영이 실망할 만큼 단호해진다.

"그것만은 말씀드릴 수 없습니다."

"오지…… 않는군요. 나의 전성기는."

"아까 말씀드렸듯 우리는 우리 시대의 영화에 출연한 배우를 다시 원래의 시대로 보내드릴 수 있습니다."

맹순영은 나를 물끄러미 바라본다. 그것이 무슨 상관이 있냐는 듯. 당신은 이미 그 이후에 무슨 일이 일

박서련

어나는지를 다 알고 있지 않냐는 듯.

"또한 우리는 당신을 캐스팅하기 위해 어떤 작품들을 참고했는지도 따로 공개하지 않습니다. 이것으로 충분히 답변이 되었기를 바랍니다."

그제야 맹순영은 아주 희미하게 웃는다.

"네, 그걸로 충분하겠어요."

이윽고 맹순영은 눈이 내리고 있음을 알아차린다. AR시뮬레이터가 해제되면서 안전한 가상-대체현실 대신 실제 날씨가 맹순영 위에 드리운 것이다. 눈은 이미 발등 높이까지 쌓여 있다. 맹순영의 오른 옆구리에서 〈아비정전〉 비디오가 사라진다. 이 때문에 맹순영은 나와 만난 일을 꿈이 아니라 여겨 잊지 않게 된다.

정해진 미래에 23세기가 있다면 역시…… Y2K 같은 건 걱정하지 않아도 된다는 거겠지.

이후 맹순영은 몇 개월에 걸쳐 나와 나눈 대화의 대부분을 잊어버리지만 자기가 장국영의 상대역이 될 수도 있다는 것과 Y2K를 걱정하지 않아도 된다는 것만은 기억한다. 한편 이런 일들을 큰 소리로 떠들고 다녔다간 국정원에 잡혀 들어갈 수도 있다고 생각해 함구한다.

맹순영이 장국영의 최후가 나오는 뉴스를 본 것은 그로부터 대략 사십 개월 후의 일이다. 홍콩 페닌슐라 호텔에서 일어난 일에 대한 뉴스를 본 맹순영은, 놀랍 게도 그간 나를 잊고 지낼 만큼 바빴던 맹순영은, 뉴 스를 보고 비로소 다시 한번 나를 떠올린다. 장국영이 먼 미래에 있으리라는 것을 떠올린다. 그 사실을 맹순 영은 아무에게도 말하지 않고 혼자 믿는다.

때문에 맹순영은 지금 나를 기다리고 있다. 나의 모 습으로 등장할 다음 기회를. 그러나 다음 기회는 맹순 영이 기억하는 나의 모습으로 나타나지 않을 것이다. 다만 오랜—너무도— 기나긴 시간이 지난 지금 나는 확실히 말할 수 있다. 그것이 맹순영의 앞에 당도하는 것만은 정해져 있는 사실이다. 이 사실을 잘 알고 있기 때문에 맹순영은 조급해하지 않는다. 맹순영은 배우

박서련

고, 이 사실은 그 존재의 자조와 자존의 영원한 근거가 된다.

이때의 영원이란 정지되지 않는 시간의 화상 위에 한 컷씩, 멀고 무관하게 느껴지는 장면마다 잊을 수 없는 흔적을 남기며 도약하여 반복되는 방식을 말한다.

박서련

철원에서 태어났다. 2015년 〈실천문학〉 신인상을 받으며 작품 활동을 시작했다. 소설집 『호르몬이 그랬어』 『당신 엄마가 당신보다 잘하는 게임』 『나, 나, 마들렌』 『고백루프』, 장편소설 『체공녀 강주룡』 『마르타의 일』 『더 셜리 클럽』 『마법소녀 은퇴합니다』 『프로젝트 브이』 『카카듀』 『폐월; 초선전』, 산문집 『오늘은 예쁜 걸 먹어야겠어요』 등을 냈다.

최정화   입

아침에 일어나 세수를 하다가 거울을 봤을 때 소스라치게 놀랐어. 내 얼굴이 뭔가 이상해져 있었어. 내 입이 있어야 할 자리에 다른 사람의 입이 있었어. 내 입술은 얇고 가늘고 연한 분홍색인데 그 입은 꼬리가 살짝 올라간 짙은 자주색이었어. 아랫입술이 두툼하고 주름이 많고 입술 끄트머리에 작은 점이 있었고.

그 입이 누구의 것인지 난 대번에 알 수 있었지. 그 입은 A의 것이었어. 내 직장 상사이자 가해자, 소송 중인 사건의 피고인. 난 비명을 질렀어. 소리를 지르려고 했지만 입술은 떨어지지 않았어.

너도 좋아서 한 일을 나에게 죄다 뒤집어씌우고 멀쩡할 수 있을 것 같아? 네까짓 게 나를 이렇게 몰아세우다니. 넌 내가 어떤 사람인지 잘 알면서 어리석은 짓을 했어. 사람들은 내가 한 일은 잊어도 네가 당한 일은 잊지 않을걸. 나의 고통은 잠깐이지만 너의 고통은 영원할걸. 넌 이제 미래가 없어. 어디에도 갈 수 없고, 어디서도 일할 수 없고, 다른 누군가를 만날 수도 없을…….

손으로 입을 막자 목소리는 겨우 사라졌어.

낮에는 활동가인 E를 만났어. 그녀와 만난 지는 한 달밖에 되지 않았지만 내가 마음을 터놓고 이야기를 나눌 수 있는 감사한 분이야. 난 얼굴을 들 수 없었고 그러자 그녀가 내게 무슨 일이냐고 물었지. 난 대답하는 대신 메모지에 글을 썼어. A가 나타났어요. 어디에요? E가 되물었어. 입에요! 여기 내 입이 그의 입이에요. 그런데 대체 누가 내 말을 믿을 수 있겠어요? 내 말을 믿어주겠어요?!

E가 내게 대답했어. 내가요. 내가 당신을 믿어요. 당신 말을 믿고 있어요. 당신이 입을 잃었다는 걸요. 법은 당신에게 일관된 진술을 요구하지만 그건 불가능한 일이에요. 혼란 속에 있는 사람의 증언은 비일관적일 수밖에 없고 그게 당신의 진실이에요. 당신은 의사를 표현할 수 없는 상황에 있었고 단 한 번도 거짓을 말한 적 없어요.

그 순간 A의 입이 있던 자리에 내 입이 되돌아왔어.

나는 두려워도 웃어야 했어요. 거부하지 않은 게 아니라 그럴 수 없었어요. 도망치지 않은 게 아니라 도망칠 곳이 없었어요.

다음 날 눈을 떴을 때 나는 오른손이 붙어 있어야 할 자리에 A의 손이 들러붙어 있는 걸 보았어. 온몸이 얼어붙은 듯 꼼짝하지 못했어. 정신을 겨우 차릴 수 있었던 건 되돌아온 입처럼 오른손도 다시 돌아올 거라는 믿음 때문이었어. 만약에 누군가 내 말을 믿어준다면.

그날 내가 써야 할 진술서는 전혀 쓰지 못했어. 내게는 오른손이 없었으니까.

그 대신 오른손은 내가 능력이 없어 회사에서 더 버티기 어려웠고, 외모를 이용해 진급하려고 했고, A와 연인 관계로 지내다가 그가 헤어지자고 하자 앙심을 품었던 거라고 썼어. 나 때문에 A를 잃는다면 그건 회사의 큰 손실이라고도 오른손은 썼어. 이제 거짓말을 그만두고 회사를 떠나고 싶다고. 나는 파닥거리는 오른손을 주머니에 겨우 찔러 넣고 트위터에 접속해서 왼손으로 겨우겨우 한 글자씩 버튼을 눌렀어.

A가 나타났어요. 내 손이 그의 것이 되었어요!

자기도 나와 같은 일을 겪었기 때문에 내가 무슨 말을 하는지 알 수 있다는 멘션이 달렸어. 순간 A의 손이 떨어져 나갔고 내 오른손이 되돌아왔어. 나는 A의 오른손이 쓴 거짓 진술서를 삭제하고 내 오른손으로 진실이 담긴 진술서를 새로 작성해 변호사에게 보낼 수 있었어.

그다음에 내게 일어난 일은 다리가 사라진 일이야. 내 다리 대신에 A의 것이 붙어 있었지. 몸의 반절을 A가 차지해버리다니 정말 끔찍한 일이었지만, 난 용기를 내서 새로운 사이즈의 신발을 구입했어.

이 신발을 신고 내 말을 믿어줄 어떤 사람을 만날 때까지 견딜 거야. 절반만 나인 몸을 이끌고 내일은 3심 판결이 있는 재판장에서 최후진술을 할 거야. 입

최정화

술이 돌아오고 오른손이 다시 내게 돌아온 것처럼, 나
는 거기서 두 다리를, 온전한 나 자신을 되찾게 될 거
라고 굳게 믿고 있어.

최정화

2012년 창비신인소설상을 받으며 작품 활동을 시작했다. 소설집 『지극히 내성
적인』『모든 것을 제자리에』『날씨 통제사』, 중편소설 『메모리 익스체인지』,
장편소설 『없는 사람』『흰 도시 이야기』, 산문집 『책상 생활자의 요가』『나는
트렁크 팬티를 입는다』『비닐봉지는 안 주셔도 돼요』 등을 냈다.

김초엽

늪지의 소년

숲길 너머는 그들의 영역이고, 이곳 늪은 우리의 영역
이다.

우리는 혼탁한 수면 아래, 부유하는 조류들과 썩어
가는 덤불 사이, 축축한 진흙 밑으로 실끈 같은 긴 팔
을 뻗어 늪을 감각한다. 땅을 통해 전해지는 소리와
진동, 공기 중에 퍼져나가는 냄새들이 우리의 감각 세
계를 구성한다. 우리는 고여 있는 액체 아래에서, 수
많은 생물체의 사체를 집어삼키며 죽음을 삶으로, 삶
을 죽음으로 되돌린다.

소년이 늪을 찾아온 그날도 우리는 갓 죽은 악어 사
체 하나를 분해하고 있었다. 우리가 악어에 달라붙어
바쁘게 분해하고 소화하던 중, 숲길 너머에서 낯선 진
동이 느껴졌다. 우리는 감각을 바짝 곤두세웠다. 우리
에게 늪은 풍성한 세계인 동시에 너무나 익숙한 세계
여서, 우리는 새로운 자극과 새로운 분자와 새로운 냄
새에 굶주려 있었다. 숲길을 따라 터벅터벅 하는 발걸
음 소리가 가까워졌을 때, 악어의 꼬리에 매달려 있던

우리 중 일부가 속삭였다.

저것 봐, 인간이야. 작은 인간.

작은 인간이라고?

오웬 같은 인간. 하지만 훨씬 작은 인간.

우리는 소년의 발소리를, 낡은 옷에서 풍기는 악취를, 비틀거리며 걷는 몸동작으로부터 퍼져 나오는 체념을 감각했다. 진흙으로 손을 뻗은 균사체들이 소년의 낡은 신발을 흥분한 개미 떼처럼 건드려댔지만, 소년은 아무것도 느끼지 못하는 것처럼 늪을 향해 걸어왔다. 소년은 늪을 바로 앞에 두고 썩은 갈대처럼 바닥으로 무너져 내렸다. 평평한 바위 위에 소년은 엎어졌다. 우리 중 누군가가 몸을 마구 떨며 기뻐했다. 누군가 말했다.

당장 그 애를 먹자.

그런 다음에는 흥분한 목소리들이 물결처럼 퍼져나갔다.

좋아. 그 애를 먹자. 집어삼키자. 아래로 끌어들이

김초엽

자. 그 애는 새로운 분자야. 새로운 냄새야. 우리에게 새로운 자극을 선사할 거야.

소년은 명백히 죽어가고 있었다. 찢어진 옷 사이로 드러난 피부는 모두 상처 입고 멍들어 있었다. 꺼질 듯한 숨소리만이 색색거리며 입술 사이로 새어 나왔다. 부패를 필요로 하는 죽음. 분해될 죽음. 우리가 갈망하는 것이 바로 앞에 있었다. 우리는 물을 건너서, 또 다른 일부는 진흙과 바위 표면을 지나 소년의 피부에 접촉했다. 소년에게 닿은 우리 중 누군가가 실망스러워하며 말했다.

아직 살아 있어. 숨 쉬고 있어. 지금은 먹을 수 없어.

아쉬워하는 기색이 우리의 연결망 전체로 퍼져나갔지만, 우리 대부분은 다시 침착해졌다. 일부의 죽음이 전체의 죽음을 의미하지 않는 우리와 달리, 강한 개체성을 지닌 저 존재들은 신체 일부의 손실만으로도 쉽게 죽음을 맞이한다. 소년은 상처 입었고 회복하기에는 너무 늦었다. 소년은 하루 내내 바위 위에 쓰러져 있다가, 아침이 되자 신음을 흘리며 일어나 낡은 가방에서 꺼낸 비스킷을 허겁지겁 삼킨다. 그러고는 주위에 고인 물웅덩이의 물을 마시고, 헛구역질한다. 다시 잠든 소년은 해가 질 때까지 오랫동안 깨어나지 않는다. 우리는 신이 나서 웅성거린다.

이제 며칠이 지나면, 늪은 새로운 분자를 갖게 될 거야.

*

우리는 소년이 물 안으로 들어와 우리의 일부가 되기를 기다린다.

그 소년은 숲길 너머에서 도망친 클론일 것이라고, 오웬 뭉치가 말해주었다. 인간들의 격리 도시에서는 죽어가는 인간들의 신체를 교체하기 위해 클론을 만들어낸다. 가끔은 그 클론들 중 일부가 저렇게 만신창이가 된 채로 도망치기도 한다. 이처럼 우리가 인간

김초엽

에 대해 알고 있는 지식 대부분은 우리가 몇 달 전 집
어삼킨 생물학자 오웬이 알려준 것이다. 오웬은 인간
들의 엄격한 규칙을 어겼고, 다른 인간들이 그 대가로
오웬을 이 늪에 던져 '처분'했다. 우리는 늪으로 가라
앉은 오웬을 삼켜 분해했다. 그런데 그가 지닌 정신의
강한 고유성은 우리의 균사체 연결망에 소속되는 것
을 완강히 거부한 나머지, 완전하게 소화되지 않고 그
들끼리 뭉치를 이루었다. 그의 정신을 이루던 신경세
포들은 균사에 달라붙어 기묘한 뉴런-균사 복합체를
만들었다. 그래서 우리는 한때 인간이었던, 덜 소화된
그 균사와 신경세포의 뭉치를 오웬이라고 불러준다.

　저 녀석은 곧 죽을 거야. 인간은 이런 곳에서 살아
갈 수 없거든.

　오웬 뭉치가 장담한다. 우리는 그 말에 종소리처럼
동조한다. 살해당할 운명에서 소년은 본능적으로 도
망쳤지만 이곳에서 또 다른 죽음을 마주하고 말았다.
그것은 개체중심적 존재들만이 경험하는 모순이다.

그러나 소년은 다른 방식의 삶이 있음을, 그 삶 역시 풍부한 감각으로 가득 차 있음을 곧 알게 될 것이다.

소년은 꺼질 듯 희미한 삶을 이어간다. 우리는 소년에게 팔을 뻗고, 균사체를 엉기게 하고, 소년의 신경계에 말을 건다. 늪으로 들어와. 이 안쪽은 안전해.

*

처음에 소년은 대답하지 않는다. 소년의 신경계를 통해 말을 걸 때 인상을 찌푸리거나 우리가 다리에 감아놓은 균사체를 걷어내는 것을 보면 분명 우리의 존재를 의식하고 있을 텐데도 소년은 대답이 없다. 오웬 뭉치는 소년이 말을 못 하는 것이라고 추측한다. 소년은 하루 대부분을 신음하며 바위에 기대어 있다. 그의 썩어가는 상처는 도저히 회복될 여지가 없다. 소년은 넓은 열대식물의 잎에 고인 물을 마시고, 통조림에 담긴 식량을 손으로 떠서 먹는다. 그러나 그 모든 행위

김초엽

에는 생기가 없으며, 소년은 단지 다가오는 죽음을 기다리는 것처럼 보인다.

우리는 끊임없이 소년에게 말을 건다. 늪 전체에 우리의 균사체 네트워크가 뻗어 있고, 이곳 늪은 소년을 향한 일방적인 세뇌 통로다. 늪으로 들어와. 여긴 안락하고 평온해. 우리는 너를 환영할 거야. 우리의 제안에는 오직 진실만이 담겨 있다.

그러다 어느 날 소년이 자리에서 비척거리며 일어난다.

우리는 어떤 변화를 직감한다.

소년은 서서히 늪으로 걸어와 그 앞에 다 해진 신발을 벗어놓는다. 그러고는 맨발을 조금씩 늪에 담근다. 소년에게서는 체념의 냄새가 난다. 소년은 늪의 표면을 본다. 우리의 형체는 인간들에게 잘 보이지 않는다고, 그저 희끄무레한 실처럼, 늪을 가득 채운 부유물 혹은 거미줄처럼 보일 뿐이라고 오웬이 말한 적이 있다. 그러나 지금 소년은 어쩐지 우리를, 생각하는 존재인 우리를 마주 보고 있는 것 같다.

우리의 일부가 소년에게 말을 건다.

들어와. 여기에는 네가 원하는 평온이 있어. 소년은 늪의 안으로, 더 안쪽으로 걸어온다. 물이 더 혼탁해지고 우리는 소년의 몸에 조금씩 엉긴다. 이제 소년의 허벅다리까지 물에 잠기고, 우리는 가만히 기다린다. 숨을 죽이고. 조심스레 균사를 뻗은 채로. 소년을 자극하지 않은 채로.

그때 소년이 작은 신음을 흘린다.

"아."

소년이 멈춰 선다. 무언가 잘못되었다. 물뱀 한 마리가 우리를 헤치고 황급히 헤엄쳐 도망친다. 혼탁한 물에 흙모래가 일어 늪은 더욱 불투명해진다.

"……아파."

소년이 중얼거린다. 그것은 우리가 처음으로 들은 소년의 목소리다. 방금 그 물뱀이 소년을 문 것이 틀림없다.

김초엽

우리 중 일부가 포기하지 않고 소년에게 말을 건다.

여기로 들어와. 늪으로, 조금 더 깊이 들어와. 이곳에는 아픔도 고통도 없어.

"차가워. 물이……."

소년이 또다시 중얼거린다. 우리는 소년의 입수를 기다리면서, 소년에게 계속해서 말을 건다. 아무런 고통도 없는 곳으로 들어와. 그러나 소년은 거기서 멈춘다. 더 이상 소년은 발걸음을 옮기지 않는다. 뱀이 소년을 물었다는 사실이, 늪의 물이 차갑다는 사실이 마치 소년에게 무언가를 일깨운 것처럼.

그리고 다음 순간 이상한 일이 일어난다.

소년은 늪의 더 깊은 곳으로 들어오는 대신, 허리를 굽힌다. 그런 다음 손을 둥글게 말아서 늪의 혼탁한 물과 부유하는 이 물질들과 그것에 엉킨 우리를 퍼 올린다.

그리고…… 자신의 입에 넣는다. 소년은 우리를 마신다. 우물우물. 소년은 우리를 씹어 삼킨다.

당황한 우리는 흩어지고, 우왕좌왕하고, 부딪힌다.

먹었어!

우릴 먹었어!

우릴 씹어 삼켰어.

소년의 입에서 물이 뚝뚝 떨어진다. 우리의 일부분
도, 흙과 벌레의 사체도, 썩어가는 식물의 잔해도 같
이 떨어진다.

"나는 살 거야."

소년은 우리를 향해 말한다.

"먹히지 않을 거야."

*

소년은, 오웬은……. 그들은 무언가 다르다. 우리와
는 다르다. 늪 전체를 감각하는 것으로 만족하는 우리
와 다른 존재다. 그들은 개별 개체에 갇혀 있다. 그들
은 하나의 개체가 감각하는 지극히 좁은 세계밖에 보
지 못한다. 그럼에도 그들은 자신의 개체성에 만족한

김초엽

다. 그것은 기이한 일이다.

소년은 우리에게 먹히는 것과 자신의 죽음을 동일시했다. 우리는 그 말에 동의하지 않는다. 우리의 일부가 된다는 것은 또 다른 삶을 살게 된다는 의미다. 우리는 자유롭다. 우리는 살아 있다.

하지만 우리는 그들의 생각이 다르다는 걸 알게 된다.

우리는 오웬 뭉치에게 지금 너는 불행하냐고 묻는다.

불행하지 않아. 지금은. 하지만 이건 차선책일 뿐이야.

연결망을 타고 흘러 들어오는 오웬 뭉치의 생각을 우리는 읽는다.

개별적 개체성, 그게 인간일 때의 나를 가장 불행하게 만들고 외롭게 만들었어. 동시에 나를 살아가게 했지. 개별적 존재이면서도 동시에 전체의 일부라는 건 모순이 아니야. 아니면, 전체라는 건 애초에 없는 것일지도 모르지.

우리는 오웬을 이해하지 못하지만, 완전히 소화되지 않은 채로 남은 오웬 뭉치는 그 자체로 우리가 직면한 문제에 대한 단서가 된다. 소년은 지금도 늪의 일부다. 늪이 아니면, 그에게 물과 양분을 제공하는 이 늪이 없으면 소년은 단 하루도 살아갈 수 없다. 그럼에도 소년은, 우리의 완전한 일부가 되기를 원치 않는다. 그들은 태생적으로 그런 모순을 품고 있다.

*

우리는 소년 곁에 머물고, 소년을 관찰한다. 소년에게 먹혔던 우리 일부분은 소년의 소화기관을 통과해 다시 늪으로 돌아왔다. 하지만 다른 일부는 완전히 소화되어 단위 물질로 분해되고 말았다. 돌아온 우리의 일부는 소년에게 삼켜졌다는 사실을 수치스러워하고, 한편으로는 소년의 장기 내부에서 느꼈던 새로운 감각을 흥미로워한다. 소년이 우리를 삼켰을 때, 우리뿐만 아니라 이 늪에 살고 있는 수많은 미생물과 선충들, 각종 침투자들이 소년의 장기로 건너갔음을 우

김초엽

리는 알게 된다. 우리는 소년이 감염되어 죽을지도 모른다는 기대를 품는다. 소년은 오래 버티지 못할 것이다. 그렇게 되면 우리는 소년을 기쁘게 삼킬 것이다. 늪의 새로운 분자를 환영할 것이다.

하지만 그런 일은 쉽게 일어나지 않는다.

소년은 한참을 앓다가 회복된다. 소년은 우리의 존재를 무시하다가도, 가끔 협박하듯 노려보는 표정으로 늪의 표면을 향해 시선을 던진다. 우리 일부분이 소년을 끈질기게 유혹하면, 소년은 화가 난 것처럼 늪 가까이 다가와 우리 일부를 퍼 올려 마셔버린다. 우리는 비명을 지르고, 흩어지고, 시간이 흐르면 다시 모여들어 소년을 관찰한다. 오웬 뭉치는 옆에서 그저 키득거린다.

늪 근처에 서식하는 다른 생명체들은 소년의 먹이가 되고, 마실 거리가 된다. 그것들은 소년의 몸을 빠져나온 다음에는 다시 늪으로 흘러 들어와 분해된다. 시간이 흐를수록, 그런 식으로 우리와 소년 사이에 교

환되는 분자들이 늘어난다. 소년의 몸은 늪의 입자들로 구성되기 시작하며, 우리의 균사체 연결망에는 한때 소년을 구성했던 입자들이 흘러 들어온다.

우리는 연결망을, 우리를 구성하는 다른 방식을 생각한다.

우리는 이전보다 소년을 가깝게 느낀다. 서로에게 흘러드는 물질들이 많아질수록 소년은 우리의 느슨한 망의 일부로 편입되고 있다. 소년이 먹고 마시는 것, 호흡하는 공기, 소년의 신체를 구성했다가 늪으로 흘러오는 모든 입자들. 우리는 물질을 공유한다.

이 늪에 머무르면, 소년은 언젠가 우리와 같은 물질에서 유래한 존재가 될 것이다. 우리의 균사체들과는 조금 다른 신체를 지닌, 우리의 일부가 될 것이다.

여전히 우리의 일부분은 소년의 팔과 다리에 들러붙으며 소년에게 속삭인다. 늪으로 들어와. 우리와 함께해. 고통도 불행도 없는 곳에서. 하지만 우리의 다른 부분들은, 소년이 더는 그런 말들에 흔들리지 않는

김초엽

다는 것을 안다.

소년은 이따금 우리에게로 걸어와 우리를 가만히 들여다본다. 늪의 수면 위에 부유하는 우리를 살피면 마치 우리가 무슨 생각을 하고 있는지 알 수 있을 것처럼.

너희들은 그곳에 있구나.

소년은 마치 그렇게 말하는 것 같다.

*

숲길 너머에서 낯선 물체들. 오웬이 드론이라고 말한 존재들―이 찾아와 숲을 폭격하고, 늪의 생물들이 바깥으로 달아나고, 늪 아래에 포탄의 잔해가 가라앉는다. 우리는 흩어지고 찢기고 비명을 지른다. 오웬 뭉치가 소리를 지르며 지금 소년을 불러야 한다고 주장한다. 소년은 바위 옆에서 오들오들 떨고 있다. 저러고 있으면 순식간에 발견될 텐데 공포에 질려 무엇을 해야 하는지 전혀 알지 못하는 것처럼. 소년의 가까이에 있던 우리 일부가 소년의 팔과 다리를 칭칭 감아 말을 건다. 거긴 안 돼. 저 쓰러진 나무 뒤로 가. 진흙을 피부에 발라. 사초로 몸을 숨겨. 드론들이 나무와 덤불에 레이저를 쏘아대 곳곳에서 새들이 날아오르고 늪은 순식간에 엉망진창이 된다. 소년은 우리가 시키는 대로 움직인다. 드론들은 늪을 향해 계속해서 무언가를 던지고, 그것들은 우리의 일부를 파괴한다. 균사체 연결망이 망가진다. 그러나 그들은 진흙을 바르고 사초 뒤에 몸을 숨긴, 그 위에 우리의 균사체 덩어리를 칭칭 감은 소년을 발견하지 못하고, 드론 하나가 소년의 낡은 옷가지만을 들고 떠난다. 해가 지고 다시 달이 뜨고 해가 지는 일이 반복되는 동안, 또 다른 드론들은 찾아오지 않는다.

소년은 충격에 빠진 채로, 몸에 바른 진흙을 씻어내지도 않은 채로, 멍하니 앉아 허공을 바라본다.

저 녀석을 찾으러 온 걸까?

김초엽

우리의 일부분이 오웬에게 붙는다. 오웬은 회의적으로 말한다.

그럴 수도 있지. 그것만은 아니겠지. 내가 인간이었을 때, 이 늪은 꽤 흥미로운 장소였거든. 그리고 늪을 채우고 있던 너희들도.

아니, 너밖에는 없었어. 우리를 흥미롭게 여긴 인간은.

우리의 일부가 오웬에게 말해준다. 오웬은 그저 웃는다.

습격 이후, 늪은 이곳저곳이 망가졌고 특히 우리는 균사체 연결망의 상당 부분을 잃었지만, 늪도 우리도 다시 복구를 시작한다. 늪의 깊은 곳에 저장되어 있던 양분들을 끌어와서 끊어진 연결망을 잇는다. 습격은 오직 표면에만 가해졌기에, 진흙과 토양 아래로 뻗어 나갔던 우리 연결망의 나머지는 무사하다. 우리는 바쁘게 수선 작업을 이어가며 우리의 부서진 감각 체계를 복원한다. 늪지의 다른 생물들도 다친 새끼들을 쉬게 하고, 둥지를 다시 짓고, 타버린 재를 영양분 삼아 새로운 씨앗을 싹틔운다.

바쁘게 움직이는 건 우리와 늪만은 아니다.

습격 이후 시간이 지나고 충격에서 벗어난 소년은 무언가를 만들기 시작한다. 쓰러진 통나무들을 가져와 한데 모으고, 돌과 나뭇가지를 묶어 연장을 만든 다음 나무 끝에 구멍을 뚫고, 사초와 갈대로 그것들을 단단히 엮어 맨다. 소년은 이따금 숲길의 반대쪽, 길이 없지만 분명 그 너머가 존재하는 다른 지역을 내다보고 온다.

우리는 처음에 소년이 자신을 지키기 위한 물건들을 만들고 있다고 생각한다. 하지만 그것이 완성되어가면서, 우리는 그것이 무엇인지를 알게 된다. 오웬이 말한다.

여길 떠나려는 거군.

소년은 오랜 시간에 걸쳐 연장을 만들고 다듬고 시험한다. 우리는 균사체를 뻗어 소년에게 말을 건다. 곧 썩어버릴 갈대와, 썩지 않을 덩굴을 구분하는 법을 오

김초엽

웬 뭉치가 소년에게 알려준다. 소년은 그것을 잘 이해하지 못한 것 같다가도, 반복해서 자신의 다리를 감아오는 우리의 균사체들을 더는 걷어내지 않는다. 때로 소년은 우리가 자신의 팔다리를 하얗게 뒤덮어버리게끔, 늪 가까이에 몸을 가만히 뉘인 채로 한참 시간을 보낸다.

이대로 먹어버리면 안 돼?

우리 중 일부가 묻는다. 하지만 우리는 그러지 않는다.

소년은 그렇게 죽은 것처럼 누워 있다가도 해가 지기 전에는 다시 일어나 나무를 모으고, 덩굴들을 엮어 밧줄을 만든다. 우리는 소년의 개체성에 대해, 고유한 신체로 살아가기 위한 이해할 수 없는 투지에 대해 생각한다. 그리고 소년이 잠든 동안, 소년의 잠자리 근처의 바위와 썩은 풀과 덤불과 진흙에 우리의 실과 같은 팔을 뻗치고, 먼 곳에서 들려오는 진동을 감각한다. 또 다시 습격이 일어나면, 소년을 깨워줄 수 있도록.

소년이 완성된 뗏목과 연장들을 짊어지고 자리에서 일어서던 날, 우리는 균사체를 뻗어 소년에게 말을 건다. 가지 마. 여길 떠나지 마. 소년은 자신의 다리를 칭칭 감는 우리의 실들을 바라보다가, 천천히 늪을 향해 걸어온다. 소년은 가만히 무릎을 꿇고 잔잔한 늪 수면을 바라본다. 종종 소년이 우리를 마주 볼 때 그러던 것처럼.

너는 이미 이 늪의 일부야. 소화되지 않아도 좋아. 우리 중 누군가 말한다. 이제 소년은 고개를 숙여 늪의 표면에, 우리에게 입을 맞춘다. 문득 우리는 그것이 인간들이 한때 지극한 사랑을 표현하는 방식이었음을 깨닫는다. 수면 위로 작은 파동이 번져나간다.

"잘 있어."

그리고 소년은 일어나서 뒤돌아 걸어간다.

강으로, 바다로.

김초엽

더는 소년을 아는 존재들이 없는 곳으로.

김초엽

2017년 제2회 한국과학문학상 중단편 대상 및 가작을 수상하며 작품 활동을 시작했다. 소설집 『우리가 빛의 속도로 갈 수 없다면』 『방금 떠나온 세계』, 중편소설 『므레모사』, 장편소설 『지구 끝의 온실』 『파견자들』, 논픽션 『사이보그가 되다』(공저), 산문집 『책과 우연들』 『아무튼, SF게임』 등을 냈다.

조해진   귀환

2062년 9월 15일.

단 하나를 제외하고 모든 것을 잃었다.

이제 나, 채은정은 유일하게 남은 그것, 내 목숨마저 잃을지 모르는 그곳으로 가려 한다.

오로지 수호를 만나기 위해.

누군가 이 메모리 패드를 발견한다면 수호에게 꼭 전해주길, 이 문장과 내 마음을, 부디…….

그런 날이 오기만 한다면.

*

인기척에 은정은 재빨리 메모리 패드를 껐다. 앨리는 이동용 선반을 뒤에서 밀면서, 사무엘은 자동 휠체어에 몸을 실은 채 조종실 안으로 들어오고 있었다.

"마음의 준비는 됐어?"

"컨디션은 좋아요?"

은정 곁으로 온 앨리와 사무엘이 차례로 물었고 은정은 눈웃음을 지으며 고개를 끄덕이는 것으로 대답을 대신했다. 세 사람은 이내 조종실 전망창 너머, 지구가 정면에 있는 우주 한 조각을 가만히 마주 보았다. 오늘이었다. 오늘, 은정은 앨리가 이동 선반에 실어온 우주복과 장비를 착용한 뒤 지구로 향하는 귀환선에 몸을 실을 예정이었다. 십육 년 동안 방치되어 있었으니 우주복이며 산소 공급기, 낙하산의 성능을 장담할 수 없었지만 지금으로선 사전 테스트는 불가능했다. 좁은 우주선 안에서는 시험비행을 할 수 없었고 은정보다 귀환선 조종에 더 숙련된 승무원은 이곳에 남아 있지 않았다.

"귀환선에서 최대한 오래 버텨야 해."

"낙하산을 이용한다면 고도계를 잘 살핀 뒤 지상 1.2킬로미터 정도에서 펼쳐야 한다는 거, 잊지 말고요. 서두르면 절대 안 돼요."

각자의 당부를 담은 앨리와 사무엘이 건네는 목소리는 다행히 그리 어둡지 않았다.

지구로 간다…….

조해진

은정은 속으로 중얼거렸고 그 순간 그 문장에 내포된 가능성 높은 죽음의 방식이 새삼 하나하나 환기됐다.

일단 캡슐 모양의 귀환선이 문제였다. 본선에서 발사되자마자 오작동이 일어난다면 은정은 광활한 우주 어딘가에서 산소 공급기의 게이지가 제로가 될 때까지 천천히, 그리고 고독하게 죽어가게 될 터였다. 귀환선에서 탈출한다 해도 안전한 건 없었다. 우주공간에서든 지구 대기권에 진입해서든 위험 요소는 많았다. 비행 도중 우주복에 작은 틈새라도 벌어진다면 갑작스러운 감압減壓 상황에 노출된 은정의 몸은 그야말로 무지막지한 고통 속으로 빠져들 것이다. 내장이 파열되고 피가 기포를 일으키며 끓어오르는, 인간의 상상력으로는 가닿지 않는 고통……. 그나마 다행인 건 그 상태에선 십 초 안에 죽게 된다는 것뿐이었다. 낙하산이 제대로 작동을 하지 않거나 산소 공급기가 우주복에서 분리될 가능성도 있었는데, 그 역시 죽음으로 귀결되는 치명적인 변수들이었다. 기적적인 행운으로 그 모든 위험을 피해 간다 해도 착륙한 곳이 사막이나 밀림, 혹은 설산이나 바다 한가운데라면—귀환선과 소통하며 방향을 잡아줄 지구 관제실의 신호가 끊겨 있으니 아무리 귀환선의 목적지를 서울로 정해놓았다 해도 그 정확도는 장담할 수 없었다—은정은 살아남기 힘들 것이다. 우주선의 방향 조정장치 고장으로 우주를 떠도는 동안 블록 형태의 영양소 덩어리만을 섭취하며 최소한의 에너지만 써온 탓에 체력이 바닥나 있는 데다, 뼈를 고정해주는 바이오 슈트를 피부처럼 착용해왔으니 당연히 근육의 양이나 운동신경은 최악이었다. 게다가 이제 은정은 지구 나이로 쉰네 살이었다. 우주선 안에서도 세월은 흘렀으니까, 어디나 그렇듯 모두에게 공평하게. 앨리는 지난달에 일흔 살 생일을 맞았고 지구를 떠나올 때 우주선에서 유일한 이십대였던 사무엘도 어느새 마흔세 살의 중년이 되어 있었다. 그래도 이렇게나마 살아 있다는 것을 행운이라 불러야 할까, 생각한 순간 은정은 바로 슬퍼졌다. 늘 그

조해진

랬다. 그 질문은 늘 은정을 헷갈리게 했고 그 헷갈림은 금세 슬픔으로 변성되곤 했다. 지난 십육 년 동안 우주선에서는 열두 번의 우주장宇宙葬이 치러졌다. 승무원들의 사인은 대부분 질병과 노환이었지만 간혹 극심한 우울증에 시달리다가 스스로 죽음을 선택한 경우도 있었다. 시신을 얇은 천에 싸서 우주로 내보내고 나면 은정의 마음속에선 뜻밖에도 질투가 일렁이곤 했다. 적어도 그들은 불안도 외로움도 없는 곳으로 갈 테니까. 향수병과 휘몰아치는 그리움, 안정된 중력이 작동하는 단단한 땅과 따뜻한 음식에 대한 갈망을 몰라도 되는 곳으로······.

"귀환선이 서울에는 못 가도 날씨가 따뜻한 땅에는 착륙해야 할 텐데. 하긴, 중요한 건 사람이지. 사람, 그것도 좋은 사람들을 만나야 아들을 찾든지 할 테니."

앨리가 희미한 한숨과 함께 그렇게 말하자 사무엘이 응원만 하기로 해놓고 웬 걱정이냐며 못마땅하다는 말투로 대꾸했다. 창백한데, 더 이상 창백할 수 없을 만큼 창백한 얼굴인데도 사무엘은 있는 힘을 다해 웃고 있었다. 그는 적어도 삼 년 전부터 혈액암에 걸린 상태였는데 암이 어디까지 진전된 건지는 혈액 검사기로 파악할 수 없었다. 물론 병의 정도를 안다 해도 이곳에서 할 수 있는 조치는 없었다. 사무엘은 곧 저 자동 휠체어마저 제 힘으로 타고 다니지 못할 것이고 어느 날부터인가는 침대에서 아예 몸을 일으키지도 못하게 될 터였다. 귀환 여부를 결정할 무렵 은정을 가장 주저하게 했던 것도 사무엘의 건강이었다.

"그나저나 대체 지구에는 무슨 일이 생긴 거야. 관제실 신호는 꺼져 있지 않나, 우주정거장이니 인공위성은 지키는 사람 한 명 없이 고물이 되어 있지 않나. 십육 년 동안 죽을 고생을 하다 가까스로 지구를 찾아온 우리한테 너무한 거 아니냐고!"

또다시 앨리의 울분에 가까운 푸념이 시작됐다. 정말이지 십육 년 동안 저곳에서는 무슨 일이 생긴 것일까. 빙하의 양과 섬의 수가 줄고 대기질의 선명도가

　　　　　　　　　　　　　　조해진

떨어졌다는 건 망원경으로 확인할 수 있었지만 그뿐, 지구로부터 삼백팔십 킬로미터 떨어진 이곳 우주선에서 지구의 구체적인 상황을 정확히 파악하는 건 불가능했다. 지구로 보냈던 탐사 로봇—우주선에 남아 있던 마지막 탐사 로봇이었다—은 지구의 온도가 십육 년 전보다 2.1도 상승했고 대기 중 방사능 수치는 열배 가까이 증가했다는 것을 알린 뒤 더 이상의 정보를 보내오지 않고 있었다. 로봇이 노후해서 고장난 거라고 예측하면서도 로봇조차 견딜 수 없을 만큼 환경이 나빠져서는 아닌지, 절망적인 의심이 들기도 했다. 희망이 하나 있다면 간혹 조명을 밝힌 곳이 보인다는 것 정도였다. 누군가 살아 있어서 저 조명을 밝혔을 테니까. 조명 주위에는 구체적으로 살아가는 사람들이 분명 존재할 테니까. 물론 그 생존자 중에 수호가 포함되어 있는지, 살아 있다면 그 애를 어떻게 만날 수 있을지 은정은 알지 못했다. 심지어 스물네 살의 성인이 된 수호의 얼굴을 한눈에 알아볼 자신도 없었다.

*

　은정이 아이를 낳기로 결심한 건 서른 살이 되던 해
였다. 이혼 뒤 각자 재혼하면서 연락이 끊긴 부모와
정반대로 살고 싶다는 사춘기 때부터의 바람은 조건
없는 애정과 절대적인 보호가 실현되는 가족에 대한
선망으로 이어졌다. 돌이켜보면 흡사 종교 같던 선망
이었다. 그 선망은 더 이상 외롭기 싫다는 연약한 마
음과 결합하면서 삶에 대한 의지를 맹렬하게 북돋기
도 했다. 은정은 연애나 결혼이 아닌 정자 기증을 통
해 아이를 가졌는데, 다행히 수정란은 무사히 안착했
고 분만도 순조로웠다. 우량아로 태어난 수호는 아무
문제없이 성장해갔다. 적어도 그 일이 일어나기 전까
지는.

　교통사고였다.

　어린이집 미니버스가 전복하면서 탑승해 있던 아홉
명의 아이들이 크고 작은 부상을 당했는데, 머리를 다

친 수호는 그중에서도 가장 상태가 좋지 않았다. 담당의는 두 개의 옵션을 제시했다. 수호가 깨어나는 기적을 하염없이 기다리든지, 아니면 수호의 손상된 뇌 부위에 칩을 이식해서 이전의 기억을 모두 지운 채 새롭게 태어나게 하든지. 어떤 선택을 하든 그 선택 뒤에 남겨질 수호를 지켜보는 건 괴로울 터였지만, 그때 은정에게는 수호를 깨어나게 하는 것만큼 중요한 건 없었다. 은정은 수술을 선택했다.

그러나 수호를 살렸다는 것에 만족할 수 있는 기간은 일 년이 최대치였다. 일 년 동안 수호는 인공지능이 프로그래밍된 칩 덕분에 단기간에 언어를 습득했고 학습 능력을 되찾긴 했지만, 또래 무리 속에 섞이는 것을 그리 좋아하지 않는 내성적인 아이로 변해갔다. 점점 말이 없어졌고 은정이 불러도 인식하지 못할 만큼 다른 생각에 빠져 있기도 했다. 사고 전 수호는 호기심이 왕성했고 에너지가 넘쳤으며 표정이 풍부했다. 은정은 수호가 맥락 없이 웃음을 터뜨리거나 온

힘을 다해 얼굴을 찡그리며 떼를 쓰던 순간들이 미치도록 그리워지곤 했다.

그러나…….

그러나, 그날이 아니었다면 은정은 우주선 탑승을 고려해보지도 않았을 것이다. 수호를 보살피기 위해 연구소에 휴직계를 내고 집에만 머물 때였는데, 저녁거리를 사러 마트에 갔다가 귀가한 은정은 거실 창가에서 뚫어지게 손거울을 들여다보는 수호의 모습을 목격하게 됐다. 수호는 거울에 비치는 제 모습에 완전히 몰두했는지 은정이 집으로 들어왔다는 것도 눈치채지 못했다. 잠시라도 한눈을 팔면 거울 속으로 빨려들어갈 것 만 같은 수호를 건너다보던 은정은 어느 순간 깨달았다, 과거의 기억을 잃고 그야말로 리셋되어 깨어난 수호의 혼란을 그때껏 진심을 다해 이해한 적 없다는 것을. 자신이 누구이고 왜 이곳에 있는지 수호는 알지 못했을 것이다. 곁에 있는 중년의 여성이 엄마라고 하니 엄마라고 믿었고 침대는 침대이고 의자

조해진

는 의자이며 컵은 컵이라고 부르는 걸 열심히 따라서 발음하며 익혀왔을 뿐…….

그날 저녁, 은정은 두 장의 지원서를 작성했다. 수호와 비슷한 처지의 아이들이 기숙사 생활을 하며 수업도 들을 수 있는 교육기관의 입학 지원서, 그리고 화성으로 떠나는 우주선의 승무원 모집 지원서였다. 천체물리학 쪽에서 독보적인 연구 실적을 쌓아가던 은정은 우주여행을 상용화하기 위한 유인우주선 프로젝트 초창기 때부터 승무원 제안을 받아오긴 했었다. 그 프로젝트가 가능했던 건 우주 에너지를 이용한 엔진—이 엔진으로 우주선은 기존보다 세 배 이상 빨라졌다—과 인간의 몸에 최대한 무리를 주지 않는 인공중력을 우주선에 장착할 수 있는 기술이 개발된 덕분이었다. 프로젝트가 성공하면 안전한 우주선 안에서 지구와 화성뿐 아니라 두 행성 사이의 소행성들과 화성의 위성들까지 육안으로 직접 볼 수 있는 여행 상품이 완성될 터였다. 프로젝트 기간은 삼 개월이었다.

프로젝트에 참여하기 전까지 육 개월 동안 은정은 혹독한 체력 훈련을 받았고, 그사이에 입학허가를 받은 수호는 집을 떠나게 되었다. 2046년, 그해 수호는 여덟 살이었고 은정은 서른여덟 살이었다.

비슷한 아이들과 있으면 정체성 혼란이 그나마 빨리 안정될 거라 판단했을 뿐이라고, 삼 개월 후에 다시 만나 수호와 우주 이야기를 하며 웃고 싶었다고, 삼 개월의 육십 배가 넘는 긴 세월 동안 우주를 떠돌며 은정은 수호 곁을 떠나온 이유를 그렇게 되새기곤 했지만 그것이 전부가 아니란 것 역시 누구보다 잘 알고 있었다. 그런 날이 올까 봐, 그러니까 수호가 태어나지 않았다면 좋았을 거라고, 그랬다면 사고를 당할 일도, 세상을 새롭게 배워야 하는 일도 없었을 거라고 생각하는 날이 올까 봐 은정은 두려웠다. 그토록 닮기 싫었던 부모처럼 은정도 아이에게서 도망친 셈이다. 그러나 도망쳤던 스스로를 인정하는 것보다 더 괴로웠던 건 수호가 십육 년째 엄마에게서 버려졌다고 믿

조해진

는 가정이었다. 귀환을 결정한 건 그 오해를 풀어주기 위해서였다. 온몸이 으스러지도록 그 애를 한번 안아준 뒤 늦어서 미안하다고 말해주고 싶었다. 그걸로, 충분했다.

목숨을 걸어도 좋을 만큼…….

"이제 우주복을 입어볼까."

앨리가 이동 선반에 놓여 있던 우주복을 펼치며 말했다. 바이오 슈트를 벗은 뒤 우주복이 매끄럽게 몸에 밀착되도록 몸을 숙이자 너무 말랐네, 이렇게 말라서 어떡해, 앨리가 긴 한숨과 함께 중얼거렸다. 장갑과 헬멧과 장화를 착용하고 압력 조절 장치와 산소 공급기, 고도계와 낙하산을 우주복 위에 부착하는 일엔 사무엘도 손을 보탰다. 사무엘은 은정이 지구로의 귀환을 결정했던 두 달 전부터 귀환선 내부를 묵묵히 점검해 오기도 했다. 앨리와 사무엘이 살아 있을 때 은정의 귀환이 가능하다는 것을, 잔인하게도 세 사람 모두 알고 있었다. 우주복을 입는 것부터 귀환선 조종까지, 어느 것 하나 은정 혼자 해낼 수 없었다. 더욱이 앨리와 사무엘 중에서 한 명이라도 먼저 죽는다면 은정은 그 한 사람을 두고 차마 우주선을 떠나지 못했을 것이다.

"다 됐다."

모든 준비를 마친 은정을 이리저리 살펴보던 앨리가 흐뭇한 목소리로 말했다.

"귀환선은 대기해놓았어요."

"고마워, 사무엘."

"은정, 지구에 도착해서 항공우주국 녀석들 만나면 왕복선 보내달라고 재촉하는 거, 잊지 마. 노인과 병자가 탈 거니까 아주 크고 편안한 왕복선이어야 해. 그전에 대체 일을 어떻게 하는 거냐고 한바탕 난리도 좀 피우고, 알지?"

앨리가 장난스럽게 끼어들자 사무엘이 주먹 쥔 손

조해진

을 내보였고, 은정은 웃었다.

웃었고, 이별의 시간이 다가왔음을 느꼈다.

귀환선이 마련된 발사대로 이동한 세 사람은 마치 약속이라도 한 듯 서로를 부둥켜안았다. 은정이 앨리와 사무엘에게 함께 지구로 가자고 제안했을 때 나이가 많아서, 병이 들어서, 그렇게 이유를 대며 거절했던 그날부터 머릿속으로 수없이 시뮬레이션해온 장면인데도 이제 다시는 서로를 못 볼지도 모른다는 고통은 또다시 은정의 마음을 아프게 했다. 두 사람과 친구가 된 건 내 삶의 가장 큰 영광이었어요. 무사히만 도착해. 오래 살아줘요, 데리러 올 때까지. 그렇게 말 안 해도, 은정, 우리는 기다릴 거예요. 사실 기다리는 것 외엔 할 일도 없고요. 그래, 기다려줘, 제발. 울면서, 우는 듯 웃으면서, 세 사람은 그렇게 대화를 이어갔다. 절대로 울지 않으려 했는데, 등을 보이는 자가 먼저 슬퍼하는 것은 예의가 아니라고 생각해왔는데도, 결국 은정은 두 손으로 얼굴을 가린 채 흐느꼈다.

귀환　　　　　　　　　　　　　　　　197

"우리는 다시 만날 거야. 난 믿어."

앨리가 은정의 뺨을 어루만지며 말했다. 언젠가 우리가 모두 죽는다면, 그래서 시신이 분해되어 입자가 된다면, 그 입자의 형태로 지구의 산토리니 해변에서 만나자고 했던 말이 떠올랐다. 은정은 앨리의 손바닥에 뺨을 부비며 일광욕과 물장구와 투명한 유리그릇에 담긴 과일을 상상했고, 그제야 마음을 다잡을 수 있었다.

은정은 곧 종 모양의 귀환선에 올랐다.

내부 시스템이 작동하면서 카운트다운 화면이 떴다. 은정은 유언이 담긴 메모리 패드를 무릎 위에 안전히 올려놓은 채 정면의 지구를 찬찬히 마주 보았다. 푸른빛 고향, 내 아들이 살고 있을지 모르는 작은 행성, 그리고 잠시 뒤 내가 죽음을 맞게 될 수도 있는 원형의 무덤…….

카운트다운 화면에 0이 뜬 순간, 은정은 주저 없이 발사 버튼을 눌렀다. 곧 뼈에서 근육이 분리되는 듯한

조해진

엄청난 속도감이 온몸을 휘감았고 은정은 그 충격의 파장에서 벗어나기 위해 목적지가 서울로 설정된 모니터를 두 눈이 아파올 만큼 뚫어지게 바라봤다.

마침내, 귀환이 시작됐다.

조해진

2004년 〈문예중앙〉 신인상을 받으며 작품 활동을 시작했다. 소설집 『천사들의 도시』 『목요일에 만나요』 『빛의 호위』 『환한 숨』, 중편소설 『완벽한 생애』 『겨울을 지나가다』, 장편소설 『한없이 멋진 꿈에』 『로기완을 만났다』 『아무도 보지 못한 숲』 『여름을 지나가다』 『단순한 진심』 등을 냈다.

최은영   데비 챙

나는 데비를 이탈리아의 작은 마을 오르비에토의 종탑 위에서 만났다.

종탑 꼭대기에 다다르기 위해서는 나선형의 좁고 가파른 계단을 오랫동안 걸어 올라가야 했다. 숨을 몰아쉬며 다다른 꼭대기에는 가이드북에서 사진으로 봤던 커다란 종이 있었다. 종에 가까이 다가가서 까치발을 하고 종의 내부를 살펴보고 있는데 반대편에서 누군가 나를 향해 외치는 소리가 들렸다. 소리가 나는 쪽으로 시선을 돌리니 깡마르고 까무잡잡한 동양인 남자애 하나가 내 반대편에서 자기 쪽으로 오라고 손짓하고 있었다. 나 말고 다른 사람이 더 있나 두리번거리자 그 애는 두 손으로 귀를 막는 포즈를 취했다. 그때 종이 울리기 시작했다. 머리가 깨질 것 같은 소리였다. 나는 그 소리에 얻어맞은 것처럼 자리에 쪼그리고 앉아서 귀를 막았다. 종은 쉬지 않고 한동안 계속 울리더니 곧 그쳤다.

종소리가 그치고 자리에서 일어나자 그 남자애가 내 쪽으로 걸어왔다. 너 괜찮아? 그 애는 그렇게 묻더니 자기 손목시계를 가리키며 한 시야, 라고 내게 말했다. 자기는 곧 종이 칠 걸 알고 멀찍이 떨어져 있었다면서.

그런 말을 하는 그 애를 나는 곁눈질로 뜯어봤다. 나도 행색이 초라한 배낭여행객이었지만 그 애의 모습은 독보적이었다. 깡마른 몸에 무릎까지 오는 아디다스 반바지와 검은 민소매 티를 입고 있었는데 선크림을 바르지 않았는지 목과 팔 부분의 피부가 벗겨져 있었다. 미처 벗겨지지 않은 죽은 피부가 팔에 지느러미처럼 붙어서 바람이 불 때마다 팔랑대기까지 했다. 껍질이 벗겨진 부분의 팔이 햇볕에 붉게 익어 있었다. 이 상태라면 다음 단계로는 물집이 생길 것이 뻔했다. 내 피부가 벗겨진 것 같아서 나는 인상을 찌푸렸다.

선크림을 안 쓰니? 아파 보여.

나는 그 말을 하며 가방에서 선크림을 꺼내 그 애에게 건넸다. 그 애는 선크림을 한 손에 쭉 짜더니 얼굴과 팔, 목에 조심스럽게 발랐다. 자기는 원래 한여름

최은영

에도 선크림을 안 바르는데 이탈리아의 태양이 상상 이상이라면서 태연하게 말했다.

그거 그냥 네가 가져. 난 선크림 많아.

진짜? 안 그래도 되는데.

말은 그렇게 하면서도 그 애는 자기 배낭에 선크림을 넣었다.

나는 데비야, 너는?

나는 남희야.

한국에서 왔지?

응. 너는?

홍콩.

우리는 천천히 나선형 계단을 내려오면서 별다른 말을 하지 않았다. 시계탑 밖으로 나와서 나는 그 애에게 작별 인사를 하려 했다.

이제 어디로 갈 거야?

그 애의 질문에 대답하려는 순간 뜨겁고 축축한 뭔가가 머리 위로 떨어졌다. 새똥이었다. 내가 당황해서 가방에 있던 껌 종이를 머리카락으로 가져다 대자 그 애가 자기 주머니에서 티슈를 꺼냈다. 그 애는 내 머리카락을 몇 가닥씩 들어 올리면서 침착하게 내 머리카락 위의 새똥을 닦아내기 시작했다. 그러더니 가방에서 물병을 꺼내서 티슈에 물을 묻혀 더 꼼꼼하게 내 머리카락과 두피를 닦았다. 나는 몇 번이나 고맙다는 말을 하면서 얼굴을 붉혔다.

아무리 닦아냈다고 해도 그 상태로 다시 대중교통을 이용할 수 없어서 나는 데비와 슈퍼마켓을 찾아가 샴푸를 사고 공중화장실 세면대에서 머리를 감았다. 데비의 가방에 있던 스포츠타월로 물기를 닦아낼 수 있었다.

두오모가 보이는 길가 벤치에 앉아서 오후의 태양 볕에 머리카락을 말리는 동안 기분 좋은 바람이 불어왔다. 거기에 앉아서 나는 데비가 스물세 살로 나와 동갑이며 기계공학을 전공하고 비행기 정비사 준비를 하고 있다는 이야기를 들었다. 그 애는 〈시네마 천국〉

최은영

을 보고 이탈리아를 여행해야겠다고 마음먹은 지 일주일도 되지 않아서 로마에 도착했다고 했다. 여행을 시작한 지 며칠 되지 않았고 남은 시간 동안 시칠리아까지 내려가면서 이탈리아의 크고 작은 도시들을 둘러볼 거라고 했다.

난 어제 도착했어. 오늘이 둘째 날이야.

왜 로마 구경을 안 하고 근교로 왔느냐고 물어볼 줄 알았는데 데비는 그러지 않았다. 나는 그 애에게 취직을 준비하고 있으며 종종 새똥을 맞는다고 나를 소개했다. 가장 싼 티켓을 사서 타이베이와 방콕에서 두 번의 경유를 했고 인천에서 로마까지 스물네 시간이 걸렸다는 말도 했다. 90년대 홍콩영화를 좋아하고 특히 장만옥을 좋아한다고 하자 데비의 얼굴에 반가운 미소가 어렸다.

어릴 때 장만옥을 본 적이 있어.

뭐?

아버지가 방송국에서 카메라맨으로 일하셨거든. 놀

러 가서 봤었어.

진짜야?

응. 나한테 사탕도 주고, 말도 걸어주고 그랬어.

거짓말 아니지?

응.

나는 그 애에게 내가 왜 장만옥을 좋아하는지 흥분해서 말하기 시작했다. 좋아한다기보다는 사랑한다고 해야겠지. 처음 그녀를 스크린에서 봤을 때 나는 사랑에 빠졌어. 저음의 목소리 하며 웃을 때 살짝 한쪽으로 올라가는 입꼬리에 아름다운 눈썹, 그리고 그 깨끗한 눈을 봐봐. 말을 하지 않고도 백 마디 말을 하는 것보다 더 많은 감정을 전달해. 장만옥이 사람일까? 아니 진짜로 장만옥을 본 적이 있다고?

이 년 전쯤? 길 가다가 우연히 본 적도 있어.

거짓말.

내 말에 그 애는 어깨를 으쓱 올리고 미소 지었다.

모르지. 너도 언젠가 그녀를 보게 될지도.

최은영

그 말에 나는 헛웃음을 지었다.

그날 우리는 오르비에토를 같이 구경하고 기차를 타고 로마로 돌아왔다. 테르미니 역으로 돌아오는 길에 우리는 우리가 둘 다 영화를 많이 좋아하고 새로운 도전을 두려워하고 그러면서도 충동적으로 이탈리아행 비행기표를 끊었다는 공통점이 있다는 사실을 알게 됐다. 그리고 나는 그 애로부터 이름이 왜 데비인지, 영국 국적으로 홍콩에서 태어나고 자란 그에게 홍콩과 중국이 어떤 의미인지도 듣게 됐다.

나는 그때까지만 해도 북경어와 광둥어가 서로 통하는 말이라고 생각했고 홍콩과 중국의 관계도 잘 알지 못했다. 데비는 자신에게 그토록 중요한 문제에 대해서 아무것도 알지 못하는 나의 무지에 조금 놀라다가 천천히 내게 상황을 설명해줬다. 그런 그 애를 보면서 정작 홍콩에 사는 사람들의 삶에는 조금도 관심이 없으면서 홍콩영화를 좋아한다고 떠들어대던 내 모습이 부끄러워졌다. 테르미니 역에 도착할 때쯤이 되어서는 그 애에게 조금 미안한 마음이 들 지경이었다.

그 애는 로마를 조금 더 둘러본 후 나폴리에 들러 근교를 여행하고 최종 목적지인 시칠리아로 갈 거라고 했다. 나는 별다른 계획이 없지만 피렌체와 베로나, 베네치아에 가고 싶다고 말했다. 그럼 여기서 안녕이네. 그 애는 그렇게 말하고 테르미니 역 앞에서 손을 흔들었다. 나는 발길을 떼지 못하고 멀어지는 그 애의 뒷모습을 바라봤다. 그 애는 뭔가가 떠올랐다는 듯이 뒤돌아서 내게 소리쳤다.

선크림 고마워!

며칠 뒤 로마에서 피렌체로 가는 열차에서 나는 깊은 잠에 빠졌다. 역무원이 나를 깨우는 소리에 비몽사몽 일어나 티켓을 건넸다. 피곤한 날이었다. 역무원은 그 열차가 피렌체에 가지 않는다고 했다.

다음 역에서 내려야 합니다. 그녀가 말했다.

다음 역이 어디죠?

나폴리요.

여름이라 해가 늦게 졌지만 나폴리 역에 내리자 사위가 컴컴해지기 시작했다. 나는 공중전화로 걸어가서 가이드북에 나온 숙소 몇 군데에 전화를 해 자리가 있는 호스텔에 예약을 하고 그곳을 향해 걸어갔다. 호스텔은 좁은 골목에 위치해 있었고 그곳에 도착할 즈음에는 더위와 긴장 때문에 온몸에 땀이 흘렀다. 육 인용 도미토리 방에는 작은 발코니가 밖으로 달려 있었다. 나는 그곳에 서서 맞은편 건물을 바라봤다. 발코니마다 빨랫줄에 빨래가 주렁주렁 걸려 있었고, 발코니에 기대어 바깥 구경을 하면서 이야기를 나누는 사람들의 모습도 보였다. 계획대로라면 나는 피렌체의 아르노강이 보이는 숙소에서 이미 자고 있어야 했지만, 시원한 바람이 불어오는 나폴리의 한 발코니에 선 나는 어쩐지 그 순간이 그렇게 싫지만은 않았다.

다음 날 조식을 먹으러 간 호스텔 식당에서 나는 데

비를 봤다. 우리는 서로를 보고 별로 놀라지 않았다. 데비는 앉아 있던 자리에서 쟁반을 들고 내가 앉은 테이블로 왔다. 북쪽으로 간다면서 나폴리라니. 그 애의 말에 나는 내 사정을 설명했다. 그 애는 엉뚱한 기차를 타는 게 말이 되는 일이냐고 나를 한참이나 놀렸다. 선크림을 잘 바르고 다녔는지 목 주변 피부가 더는 붉지 않았다. 여행한 지 일주일이 채 되지 않았지만 나는 어쩐지 외로웠고, 외롭다는 걸 인정하기 싫었지만, 그래도 또 외로워지곤 했다. 그런 상황에서 데비를 만났고, 데비 또한 나를 무척 반가워한다는 걸 느낄 수 있었다.

그날 데비와 나는 포지타노라는 작은 해변 마을에 가서 해수욕을 했다. 바다에 들어가자 소나기가 내렸고 우리는 별말 없이 바닷속에서 비를 맞았다. 얼마나 더 여행을 같이할지, 앞으로 어디로 가게 될지 우리는 따로 이야기 나누지 않았다. 다음 날 우리는 폼페이에 갔고, 그다음에는 카프리섬에 갔다. 카프리섬의 정상

최은영

에서 데비는 내게 사랑하는 사람이 있으며 언젠가 그 사람과 결혼해서 이곳으로 신혼여행을 올 거라고 선언했다. 여자친구가 아니라 사랑하는 사람이라니, 결혼이라니. 그런 데비가 그때의 내 눈에는 순진하고 촌스럽게까지 보였다.

　데비와 나는 여행의 궁합이 잘 맞았다. 예산 규모와 씀씀이가 비슷했고 유명한 관광지를 가는 것보다는 골목길을 헤매는 것을 더 좋아하는 취향이 그랬다. 입맛도 비슷했고 커피를 못 마시고 라거 맥주를 좋아하는 것도 같았다. 하루를 마치고 호스텔 주방 식탁에 앉아서 우리는 머리를 맞대고 하루 동안의 지출을 검토했다. 센트까지 반반으로 나눠 정리가 끝나고 나면 데비는 그 '사랑하는 사람'에게 편지를 쓰기 시작했고 나는 샤워를 하고 잠자리에 들었다. 우리는 정해진 예산을 초과하지 않으려고 갖은 수를 썼고 슈퍼에서 산 빵과 잼으로 샌드위치를 만들어서 점심으로 먹는 식으로 여행을 했다. 생수를 사는 것이 아까워서 분수

대에서 나오는 물을 마시는 정도였는데 그런 와중에도 데비는 자신의 사랑을 위해 아기자기한 기념품들과 엽서를 꼬박꼬박 샀고 우표를 사서 도시를 떠날 때마다 홍콩에 편지를 부쳤다.

시칠리아로 가는 기차 안에서 데비는 내게 그녀에 대해 이야기해줬다. 메시나해협을 건너는 동안 데비의 이야기를 들으며 나는 얼굴도 본 적 없는 그녀에게 호감을 느꼈다. 그리고 데비가 그녀를 한 사람의 인간으로 존중하고 지지하고 있다는 것도 느꼈다. 처음 데비가 사랑이라는 말을 입에 올렸을 때 거부감을 느낀 건 내게 '사랑'을 고백했던 남자들과의 기억 때문이었는지도 모른다는 생각이 들었다. '너를 사랑하는 나'에 도취한 모습과 그 고백을 받아들이지 않았을 때 내가 원하지 않는 방식으로 내게 감정을 강요하던 남자들에 대한 기억이 내 안에서 사랑이라는 말을 오염시켰기 때문이었는지도 몰랐다.

사랑이라는 말이 꼭 협박처럼 느껴져 마음 깊은 곳

최은영

에서 떨었던 기억이 잊히지 않았기 때문이다.

우리는 〈시네마 천국〉의 주 무대가 된 체팔루에 도착했다. 이탈리아 본토의 작은 마을과도 다른 느낌이 드는 평화롭고 조용한 마을이었다. 아이 둘을 데리고 바닷가에 놀러 온 젊은 부부를 보며 데비는 내게 말했다. 자기도 저런 가족을 꾸리고 싶다고. 살면서 꿈이 하나 있다면 자신만의 가족을 가져보는 것이라면서 아내와 아이들에게 무조건적인 사랑을 주고 싶다고 했다.

너도 자라면서 외로움을 많이 느꼈니. 그렇게 따로 묻지 않았던 건, 외롭지 않았던 사람들에게 사랑이 넘치는 가족이란 꿈처럼 대단한 목표가 아니라 공기나 물처럼 당연히 주어지는 것이기 때문이었다.

넌 정말 낭만주의자인 것 같아. 벌써 애들 이름도 지어둔 거 아니야?

나는 데비에게 놀리듯이 그렇게 말하고는 자리에서 일어났다. 그 순간 나는 데비와 같은 꿈조차 꿔보지 못한 나를 발견했다. 안정적인 직장을 잡고 누구에게도 아쉬운 소리 하지 않고 노후까지 돈 걱정 없이 사는 것이 내 유일한 목표였기 때문이었다. 가족이니, 자식이니 같은 건 내게 너무 사치스러운 생각이었다. 사는 게 팍팍하니까 그런 말랑말랑할 꿈 꿀 시간 없어, 라고 생각했지만 나는 기본적으로 그렇게 살 자신이 없었던 것 같다. 그런 삶을 원하나, 원하지 않나, 라는 질문에 나는 제대로 대답할 수 없었다. 내가 무엇을 원하는지 제대로 알지 못했기 때문이었다.

우리는 열흘을 같이 여행했고 내가 먼저 이탈리아를 떠났다. 팔레르모의 버스 정류장에서 데비는 엽서 한 장을 건넸다. 오르비에토의 종탑이 수채화로 그려진 엽서였다. 버스에 오르며 나는 그 애에게 손을 흔들었다. 고작 열흘간 같이 여행했을 뿐이었는데 이상하게 정이 많이 들어서 목이 잠겼다. 버스에 올라타서 공항으로 가는 길에 나는 조금 울다가 데비가 준 엽서를 읽었다. 새똥을 조심해, 엉뚱한 기차를 타지 마, 동

최은영

행이 되어줘서 고마웠어. 엽서의 말미에는 데비의 이메일과 블로그 주소가 적혀 있었다.

데비는 영어로 영화 리뷰를 쓰는 블로거였다. 우리가 만난 2005년까지만 해도 백 편이 넘는 리뷰가 올라와 있었고 적어도 일주일에 두 번은 새 글이 올라왔다. 꽤 재미있는 글들이어서 따라 읽고, 영화에 대한 내 의견을 댓글로 달기도 했다. 우리는 종종 이메일을 주고받았고 얼마 지나지 않아 둘 다 대학을 졸업했다. 데비는 비행기 정비사로 바로 취직을 했지만 나는 대학을 졸업한 후에도 일 년 반 동안 취업 준비를 했다. 스물여섯에 겨우 들어간 회사에서 상처를 많이 받았는데 그 직장이 아니고서는 대안이 없다고 생각해서 참고 다녔던 것이 정신적으로도 신체적으로도 좋지 않은 결과를 줬던 것 같다. 적어도 삼 년은 참고 경력을 쌓아 이직을 하자고 생각하면서 왕복 세 시간의 통근을 하는 동안 나는 한없이 날카로운 사람이 되어갔다.

데비와의 이탈리아 여행을 떠올리면 늘 양가감정이 들었다. 그 하늘이며 바다며 골목이며 노을이며 널어놓은 빨래마저도 아름답게 보이던 그곳에서 차가운 마음이 녹아내리던 순간이 그립기도 했고, 사랑이니 꿈이니 같은 이야기를 하던 데비의 순진하고 낭만적인 생각에 동요되던 나 자신이 짜증스럽게 느껴지기도 했다. 그런 이야기도 결국 자기 기술이 있고 직장을 잡을 능력이 되는 사람이었기 때문에 지닐 수 있는 여유였다는 생각이 들었던 것이다. 데비가 블로그에 추천하는 영화들과 그 애의 따뜻하고 섬세한 평가들이 눈에 거슬리기 시작했다.

스물일곱의 내가 입사 이 년 차의 힘든 시기를 보내고 있을 때 데비는 내게 이메일로 청첩장을 보냈다. 사랑하는 사람과 결혼을 하게 되었으니 축하해달라는 말이었다. 청첩장 속 데비의 사진은 내가 알던 그 애의 모습이 아니었다. 얼굴과 몸에 살이 붙어서 더는 깡마른 모습이 아니었고 단정하게 정리한 머리카락에 무엇보

최은영

다 표정에서 여유가 묻어 나왔다. 데비의 여자친구는 데비보다 두 살이 더 많았고 그해 물리학으로 박사학위를 받았다고 했다. 데비가 그녀를 얼마나 자랑스러워했을지 나는 눈을 감고도 그 애의 표정을 그려볼 수 있었다.

꿈을 이룬 것을 축하해, 데비.

거기까지 쓰고 나는 생각했다.

데비, 나는 다시 잘못된 기차에 탔어.

데비는 자기 인생에서 무엇을 원하는지 정확히 알고 있었고, 그것을 이뤄낼 수 있다는 낙관을 지니고 있었다. 그것이 데비와 나의 결정적인 차이였다. 사람은 자기보다 조금 더 가진 사람을 질투하지 자기보다 훨씬 더 많이 가진 사람을 질투하지 않는다고 한다. 그래서 나는 데비를 질투할 수조차 없었다.

내 마음속에서 정해놓았던 기한인 삼 년이 흐르고 난 후에도 나는 첫 직장을 떠나지 못했다. 이직을 할 자신이 없었으면서 그걸 인정하고 싶지 않아서 그 회사의 좋은 점들을 하나하나 꼽아보고 그곳에 남아 있는 편을 택했다. 나는 변화를 싫어하는 사람이었고, 불안정한 가능성보다는 불행 속에서 익숙해지고 체념하는 편을 선호했다. 다들 이렇게 살잖아? 나 자신에게 그렇게 설득할 때 내 나이는 스물아홉이었고 너무 늦어버렸다는 생각을 자주 했다. 다른 삶을 추구하기에도 너무 늦어버렸고, 진짜 삶이라는 것을 살아보기에도 너무 늦어버린 나이라고 확신했다.

데비에게서 짧은 메일이 온 건 스물아홉의 초겨울이었다.

그 애는 홍콩 공항에서 비행기를 타기 직전에 내게 메일을 남겼다. 나는 시계를 확인했다. 이미 데비가 한국에 도착했을 시간이었다. 동대문구에 있는 비즈니스호텔에 숙박할 예정이라고 했다. 그 애는 담담하게 자신이 지난 석 달 동안 겪은 일을 메일로 썼다. 아내가 죽었고 장례를 치렀고 함께 살던 집에서 이사를

최은영

나왔고 홍콩은 너무 좁은 곳이고 모든 것이 견딜 수가 없다면서. 아무 비행기표나 끊어놓고서 한국에 내가 살고 있다는 걸 떠올렸다고 했다. 내가 그 메일을 읽은 건 수요일 오전이었다. 나는 데비에게 회사에 가야 하니 가능하다면 내 회사가 있는 구로동으로 오라고 했다. 짧은 영어로 그 애가 겪은 일을 위로하는 문장을 써보려고 노력했지만 이메일에 몇 줄 쓴 말들이 가볍게만 느껴졌다.

우리는 회사 근처 초밥집에서 만났다. 그 애는 검은 오리털 파카를 입고 있었는데 한국에 도착해서 막 사서 입었는지 가격표가 그대로 붙어 있었다. 너 이러고 다녔니? 나는 필통에서 커터 칼을 꺼내서 가격표를 떼어주고 그 애와 마주 보고 앉았다. 실내여서 공기가 따뜻한데도 그 애는 파카를 벗지 않았다.

한국 많이 춥지. 휴가는 며칠이나 받았어? 먹은 건 좀 있어? 무슨 말을 해야 할지 몰라서 나는 이런저런 질문을 던졌고 데비도 그 마른 얼굴로 애써 웃으며 내 말에 대답했다. 그 모습을 보고 있자니 이상하게도 목이 메었고 초밥이 나올 때쯤에는 눈물이 멈추지 않았다. 남희, 남희, 난 괜찮아, 정말 난 괜찮아. 오히려 데비가 나를 달래주었고 나는 내가 왜 그렇게 슬픈지, 왜 눈물을 멈출 수 없는지 이해할 수 없었다. 데비는 행복해야 할 사람이었다. 그녀 또한 그래야 했다.

눈물을 닦고 데비를 바라보자 그 애가 말했다.

남희, 나는 아무것도 후회하지 않아. 운이 좋았지. 그녀와 만나고 사랑할 수 있었잖아. 그게 어떤 건지 태어나서 경험할 수 있었잖아. 어릴 때는 내가 왜 태어났는지 이해할 수 없었어. 하지만 이제 그 이유를 알지. 이런 사랑을 경험해보려고 태어났구나. 그걸 알게 됐으니 괜찮아.

나는 데비의 얼굴을 바라보며 조용히 고개를 끄덕였다. 그 말이 자기 위안을 위한 거짓이 아니라는 것을 나는 그 애의 얼굴을 보며 이해할 수 있었다. 예전의 나였다면 나이브하고 어리석은 생각이라고 속으로

최은영

비웃었을 말이었지만, 그 말을 듣던 순간 나는 데비의
그 말을 온전히 받아들였다. 데비는 단순히 순진한 낭
만주의자가 아니었다.

데비는 그 주 주말까지 서울에 머무르다 홍콩으로
돌아갔다. 그 애는 영화 리뷰를 올리는 블로그를 제외
하면 어떤 SNS도 하지 않았는데 서른 살 여름에 블로
그의 문도 닫았다. 이제 우리는 서로의 생일에 메일을
주고받는 정도의 사이가 되었다. 서른여덟이 되던 해
에 데비는 아내와 사별한 지 구 년 만에 재혼했고 이
듬해에 첫아이를 만났다.

서른여섯에 홍콩으로 출장을 갈 일이 있었다. 그때
나는 데비에게 연락하지 않았다. 내가 그 애의 일상에
노크하기에는 그 애로부터 너무 멀어진 친구가 되었다
는 생각이 들어서였다. 처음 가본 홍콩에서 나는 〈중
경삼림〉에서 왕페이가 탔던 미드레벨 에스컬레이터
도 타보고 〈첨밀밀〉에서 장만옥과 여명이 좋아하던 등

려군을 기념해 만든 카페에도 가보았다. 〈화양연화〉의 장만옥과 양조위가 식사를 같이하던 골드핀치 레스토랑에도 갔다. 〈성월동화〉에 나온 빅토리아 피크에도 올라가봤다. 그곳에서 홍콩의 야경을 바라보며 나는 그곳 어딘가에 있을 데비를 생각했다. 홍콩영화에 빠져들었던 이십대 초반 시절과 한때는 그저 미숙한 시절이라고 깎아내렸던 데비와의 여행이 떠올랐다.

한국으로 돌아가는 아침에 나는 일찍 일어나서 호텔 근처의 더들 스트리트를 산책했다. 인적이 없는 계단을 오르는데 누군가가 계단 아래로 내려오고 있었다. 청바지에 가죽 재킷을 입고 천천히 계단을 내려오는 그녀의 모습을 보고 나는 더는 계단을 오르지 못하고 그 자리에 멈춰 섰다. 그녀는 자신에게 시선을 거두지 못하는 나를 보고 익숙한 상황이라는 듯이 장난스러운 미소를 지었다. 점점 나와 가까워지는 그녀를 보며 나는 언젠가 데비가 내게 했던 농담을 생각했다.

모르지. 너도 언젠가 그녀를 보게 될지도.

최은영

최은영

2013년 〈작가세계〉 신인상을 받으며 작품 활동을 시작했다. 소설집 『쇼코의 미소』 『내게 무해한 사람』 『아주 희미한 빛으로도』, 장편소설 『밝은 밤』 등을 냈다.

이기호   휴게소 해후

"정용이……? 너, 정용이 맞지?"

그녀가 얼굴을 좀 더 앞쪽으로 내밀면서 물었다. 정용은 어떡하든 눈을 마주치지 않으려고 최대한 고개를 숙여보았지만, 더는 피하긴 어려워 보였다. 손님들이 계속해서 몰려들고 있었다.

"왜 그래? 아는 사람이야?"

그녀 주위로 중년 여자 두 명이 다가와 참견했다. 그녀는 그들을 이모라고 불렀다.

"응. 대학 동기를 여기서 만나네."

"그래? 그럼 특별히 큰 놈으로 주시겠네. 호호호."

똑같은 선글라스를 쓴 중년 여자들은 뭐가 그렇게 좋은지 큰 소리로 웃었다. 정용은 그 앞에서 정말이지…… 오징어가 될 것만 같았다. 그녀는 말없이 정용을 바라보며 서 있었다. 오징어는 타닥, 소리를 내며 동그랗게 제 몸을 말기 시작했다.

*

단군 이래 최장 연휴라더니 그만큼 아르바이트 자리도 많았다. 인터넷 아르바이트 사이트에는 마트 판매원에서부터 택배 배송 기사, 청과물 상하차 아르바이트, 심지어는 송편 포장 아르바이트까지 그야말로 일자리가 알밤처럼 쏟아졌다. 정용과 진만은 그중 고속도로휴게소 판매 아르바이트를 골랐다.

"딱 이거네. 시급 만 원!"

진만이 고른 고속도로휴게소는 서해안고속도로 목포 방향 고창 고인돌휴게소였다.

"여긴 내가 몇 번 가봤는데 차도 별로 안 밀리는 곳이야. 완전 꿀알바라는 뜻이지."

"한데 시급을 왜 이렇게나 많이 주지?"

정용이 같은 모니터를 바라보며 갸우뚱거렸다.

"그건 뭐……. 명절이니까 다 같이 잘 먹고 잘살자는 뜻이겠지."

진만은 그렇게 짐작했지만, 그런 건 〈반지의 제왕〉 속 호빗 마을에나 있을 법한 일이라는 것을 그들은 근

이기호

무 첫날부터 깨닫고 말았다. 직원 전용 미니버스를 한 시간 가까이 타고 도착한 휴게소는 잠시도 쉴 틈이 없었다. 사람들이, 자동차가, 관광버스가, 단군 할아버지 수염처럼 길게 꼬리를 물고 휴게소 안으로 밀려들어왔다. 애초 진만과 정용은 둘이 함께 맥반석 오징어 구이 코너에 배치되었지만, 델리만쥬 코너 아르바이트생이 잠적하는 바람에 진만은 그쪽으로 자리를 옮겨야만 했다. 델리만쥬 코너는 그래도 의자에 앉을 수 있었지만, 맥반석 오징어 코너는 그렇지 못했다. 양손에 기다란 집게를 든 채 계속 일어서서 오징어가 타지 않게, 너무 말리지 않게 뒤집어주고 펴주어야 했다. 사람들의 줄이 길게 늘어서면 정용은 집게를 치우고 목장갑 세 장을 겹쳐 낀 손으로 오징어를 구웠다. 그래도 뜨겁지 않았다.

"너희들 휴게소에서 제일 긴장해야 할 때가 언제인지 알아?"

휴게소 이 층에 있는 직원 식당에서 밥을 먹고 있을

때, 최 주임이라는 사람이 말을 걸었다.

진만과 정용이 멀뚱멀뚱 말없이 바라보자, 그가 거드름을 피우며 말했다.

"관광버스. 관광버스가 들어올 때만 조심하면 돼."

진만이 예의상 그건 왜 그렇죠, 물으니 바로 이런 답이 돌아왔다.

"거기 있는 사람들은 대부분 취해 있거든. 여기가 휴게소인지, 산 정상인지, 헷갈리는 사람들이 많아."

실제로 정용은 연휴 셋째 날엔가, 관광버스에서 내린 술 취한 할아버지 한 분한테 말도 안 되는 호통을 듣기도 했다. 정용의 오징어 코너 옆에 한참 동안 뒷짐을 진 채 서 있던 할아버지는 손가락질까지 해대며 소리를 질렀다.

"야, 이놈아! 너, 이거 맥반석 아니고 고인돌이지! 이놈아, 천벌을 받아! 어디 오징어를 구울 데가 없어서 고인돌에다가 구워!"

아이 씨…… 정용은 그때는 정말이지 울고 싶은 심

이기호

정이 되어버렸다. 할아버지, 저 추석인데 지금 여기서 하루 아홉 시간씩 꼬박 서서 오징어만 굽고 있거든요. 어떤 아주머니들은 오징어를 구워주면 오징어가 작아졌다고, 바꿔치기한 거 아니냐고 따지기도 해요. 근데 제가 무슨 티라노사우루스입니까? 제가 왜 고인돌에다가 오징어를 구워요? 정용은 그렇게 말하고 싶었지만, 그냥 묵묵히 오징어만 구웠다. 할아버지가 호통을 치든 말든 사람들은 계속 그 앞에 줄을 섰기 때문이다.

그런 나날 중에 대학 시절 첫사랑까지 만난 것이었다. 주위에 고인돌이 있으면 그 아래라도 들어가고 싶었던 것이 정용의 솔직한 속마음이었다.

*

밤 열 시, 다시 광역시로 나가는 퇴근 미니버스에 탔을 때, 진만이 물었다.

"아까 걔…… 선아 맞지? 너랑 잠깐 사귀었던 황선아."

정용은 말없이 눈을 감은 채 의자 등받이에 머리를 기댔다. 진만에게선 바닐라 향이 났다. 정용 자신에게선 오징어 냄새가 났다. 정용은 오징어처럼 둥글게 몸이 말리는 것 같았다.

"걔, 많이 이뻐졌더라. 아까 보니까 둘이 무슨 말도 하는 거 같던데. 걔가 뭐래?"

반숙으로 구워달라고 하더라. 이게 무슨 맥반석 달걀도 아니고…….

한데도 정용은 그녀에게 "어, 그래"라고 짧게 대답했다. 정용은 그 얘기를 진만에겐 하지 않았다. 오 년만에 만난 옛 연인 사이의 대화치곤 어딘지 어색했기 때문이었다. 앞으로 그녀를 만날 기회가 또 올지 모르겠지만, 그때까지 그녀는 옛 애인을 떠올리면 오징어부터 먼저 생각나겠지. 반숙 오징어. 그 생각이 정용을 우울하게 만들었다.

이기호

"저기 아까 최 주임이 그러는데, 연휴 끝나고도 계속 일하려면 미리 말해달라고 하더라. 난, 이거 괜찮은데. 델리만쥬. 약간 프랑스 느낌 나지 않니?"

　"너나 해."

　정용은 짧게 말하고 고개를 반대편으로 돌렸다. 미니버스 창문 밖으로 추석을 막 보낸 보름달이 쓸쓸하게 떠 있었다. 단군 이래 최장 연휴가 끝나가고 있었다.

이기호

1999년 〈현대문학〉으로 등단하며 작품 활동을 시작했다. 소설집 『최순덕 성령충만기』 『갈팡질팡하다가 내 이럴 줄 알았지』 『김 박사는 누구인가?』 『누구에게나 친절한 교회 오빠 강민호』, 중편소설 『목양면 방화 사건 전말기』, 장편소설 『사과는 잘해요』 『차남들의 세계사』, 짧은 소설 『세 살 버릇 여름까지 간다』 『누가 봐도 연애소설』 등을 냈다.

문진영   햇빛 마중

밤 열 시, 성언은 녹초가 되어 잠자리에 눕는다. 다른 뭔가를 하기에는 너무 지쳤다는 생각이 든다. 그렇게 잠깐 덮치듯 찾아오는 졸음에 몸을 맡겼다가 눈 뜨면 겨우 자정. 다시 잠들어보려고 하지만 무력하다. 휴대폰으로 SNS의 피드를 끝없이 넘기다가 지칠 때쯤 되어서야 자리에서 일어난다.

새벽 두 시, 성언은 안양천 자전거도로 위를 달리고 있다. 한 시간쯤 달려 방화대교 입구를 찍고 돌아온다. 지난여름부터 하루도 빠짐없이 그렇게 했다. 비가 오면 우비를 입고 달린다. 돌아올 때쯤엔 몸이 제법 피곤하고, 그러면 한두 시간쯤은 다시 잘 수 있으니까.

안양천은 염창교 근처에서 한강과 만난다. 계속 달리면 바다가 나오겠지, 성언은 생각한다. 나는 바다를 보고 싶은가. 그건 아니다. 아니라는 것을 안다. 그냥 뭔가 다른 풍경을 보고 싶을 뿐. 하지만 집으로 돌아가 잠시라도 눈을 붙여야만 또다시 하루를 이어갈 수 있다는 것 역시 알고 있다. 같은 코스를 달려, 같은 시간에 잠들고 깨기를 반복하는 것으로 애써 무언가가 끊어지지 않고 있다고 생각한다.

방화대교 근처에 도착하면 성언은 오도카니 홀로 불을 밝히고 선 편의점에 들어가 컵라면을 하나 산다. 첫날, 고르기가 귀찮아서 매대의 첫 줄 가장 왼쪽에 놓인 것을 집어 들었고, 그 후로 매일 차례대로 하나씩 사 먹었다. 어제는 비빔면을 먹었고, 오늘은 부대찌개 면을, 내일은 나가사키짬뽕을 먹게 될 것이다. 매일 똑같은 하루에 유일하게 새로운 것. 요즘 그나마 내게 가장 기쁜 것은 이것이라고, 겨우 이것이라고 생각하면서.

매대 두 번째 줄에 접어들었을 즈음부터 점원은 성언을 알아보기 시작했다. 점원은 인사성이 바르다. 오셨네요, 하고 웃으면서 인사한다. 새벽 세 시에 그렇게 환한 얼굴을 하고 있다니 거짓말 같다고 성언은 생각한다. 하지만 인사 외에 다른 대화를 나눈 적은 없다. 점원은 반듯한 성격인 듯, 음료도 컵라면도 라벨이 모두 정확하게 정면을 향해 있고, 각도에 흐트러짐 하나 없다. 성언이 컵라면을 먹는 동안, 점원은 콧노래를 흥얼거리면서 새로 들어온 물건들을 검수한다.

성언은 그 편의점에서 자신 외에 다른 손님을 한 번도 본 적이 없다. 편의점 안은 이상할 정도로 평화롭다. 오늘이 지구 최후의 날이고, 세상에 유일하게 남은 두 사람의 인간이 그 점원과 성언 단둘인 것만 같은 기분. 일종의 성실함으로, 점원은 오늘도 경건하게 물건들의 각을 맞추고, 성언은 이번 생의 마지막 컵라면을 씹는 고요한 밤. 그렇다면 그건 조금 슬프지 않은가, 성언은 생각한다.

그런데 그날, 다른 누군가가 있었다. 바 테이블 끝에, 검은색 트레이닝복을 입은 남자가 앉아 있었다. 두 팔에 머리를 묻고 엎드린 채로. 이 편의점은 자전거를 타거나 차를 타고 지나가다가 들를 수는 있어도, 새벽에 맨발에 슬리퍼를 끌고 걸어올 만한 곳은 아니었다. 컵라면이 익기를 기다리는 동안, 성언은 남자 쪽으로부터 흘러나오는 작은 흐느낌을 들었다. 그 옆에 앉아 후루룩거리며 라면을 먹기가 뭣해서 성언은 컵라면을 들고 편의점 밖으로 나왔다. 가을이 깊어가고 있었지만 아직 그리 춥지는 않았다.

성언이 편의점 앞에 놓여 있는 플라스틱 테이블에 앉아 컵라면을 먹고 있는데, 울고 있던 남자가 밖으로 나왔다. 그러고는 쪼그려 앉아 담배에 불을 붙였다. 잠시 후 남자가 성언의 뒤통수에 대고 물었다.

맛있어요?

성언이 남자를 돌아보았다. 이십대 초반 정도로밖에 보이지 않는 앳된 얼굴이었다.

네?

맛있냐고요.

그냥 그래요.

성언이 대답했다.

근데 왜 먹어요?

문진영

남자가 물었다.

싸우자는 건가. 성언은 생각했다. 하지만 싸우고 싶은 마음은 조금도 없다. 성가시고, 피곤하다. 성언이 아무런 대답도 하지 않자 남자가 또다시 물었다.

그냥 그런데 왜 먹냐고요.

시비조는 아니었다. 성언이 마지못해 대답했다.

습관이에요.

남자는 고개를 끄덕거리더니, 더는 아무 말 없이 담뱃불을 비벼 껐다. 그러고는 자리에서 일어나 강변 쪽으로 걸어가기 시작했다. 거긴 길도 없는 곳이었다.

따라가야 할까. 그래야 할 것 같았다. 성언은 편의점 앞에 자전거를 그대로 세워두고, 스무 걸음쯤 떨어진 채로 남자를 따라 걸었다. 남자는 강둑에 다다르더니 또다시 담뱃불에 불을 붙였다. 따라오는 것을 알고 있었던 모양인지, 태연한 얼굴로 성언을 돌아보았다. 그러고는 이쪽으로 오라는 듯 손짓했다. 성언은 잠시 망설이다가 남자 쪽을 향해 걸어갔다. 그때 남자가 손가락으로 한쪽을 가리켰다. 나무에 가려 보이지 않던 방 화대교가 순간 한눈에 들어왔다. 방화대교는 주황색 불빛으로 환하게 빛나고 있었다.

크리스마스 같지 않아요?

남자가 담배 연기를 내뿜으며 말하더니 흐흐흐, 하고 웃었다. 그렇네요, 성언이 고개를 끄덕였다.

정말 그랬다. 매일 밤 저 불빛을 종착점 삼아 여기까지 달려왔으면서도, 무감했었다. 단 한 번도 한 적 없었다. 아름답다거나, 축제 같다거나, 그런 생각은. 남자가 담배 한 개비를 꺼내 성언에게 건넸다. 담배를 끊은 지 오래였지만 성언은 그것을 받아 입에 물었다. 남자가 불을 붙여주었다. 성언이 담배를 다 태울 때까지 곁에서 기다리던 남자가 말했다.

고맙습니다.

성언은 휴대폰으로 시간을 확인했다. 새벽 네 시 삼십 분. 지금 출발하면 잠을 더 자지는 못하더라도 지각은 하지 않을 것이다. 성언은 서둘러 페달을 밟았

문진영

다. 아까보다 하늘이 밝아진 느낌이었다. 그때였다. 뭔가가 성언 앞으로 달려든 것은. 깜짝 놀란 성언은 급히 핸들을 꺾었고, 웃자란 수풀 위로 맥없이 넘어지고 말았다. 자전거에 깔린 다리에서 통증이 느껴졌다.

고개를 돌리자 뭔가와 눈이 마주쳤다. 고라니였다. 아직 어려 보이는 고라니 한 마리가, 다섯 발짝쯤 떨어진 곳에서 청정한 얼굴을 하고 성언을 쳐다보고 있었다. 그러고 보니 근처에 생태공원이 있었지. 성언은 누운 채로 고라니를 바라보았다. 고라니도 성언을 바라보았다. 성언은 흐흐흐, 하고 웃었다. 이렇게 실없이 웃어본 게 얼마 만인가 싶었다.

성언이 자리에서 일어나자, 고라니는 고무공처럼 통통 튀어 멀어졌다. 성언은 옷에 묻은 흙을 털어내고, 조심스럽게 발을 디뎌보았다. 잠시 찌르는 듯한 통증이 지나갔지만, 페달을 밟지 못할 정도는 아니었다. 성언은 자전거를 일으켜 세웠다. 심호흡을 하고, 다시 달리기 시작했다. 이번에는 아주 천천히. 신선한

새벽 공기가 몸을 타고 흐르는 것이 느껴졌다. 동이
트고 있었다.

문진영

문진영

2009년 장편소설 『담배 한 개비의 시간』으로 창비장편소설상을 수상하며 작품 활동을 시작했다. 소설집 『눈 속의 겨울』 『최소한의 최선』, 중편소설 『딩』 등을 냈다.

김혜진   극락조

나흘간 해외에 출장을 가게 되었다는 수연의 전화를 받으며 희나는 이번만큼은 무슨 일이 있어도 곤란하고 어려운 부탁은 들어주지 않겠다고 결심했고 정말 그렇게 했다.

미안한데 이번엔 어려워.

그런 대답을 들을 거라고는 예상하지 못했는지 수연은 잠시 말이 없었다. 그런 뒤엔 무겁게 가라앉은 분위기를 떨쳐내듯 다정한 목소리로 한 번 더 사정했다.

정말 안 돼? 그냥 딱 하루만 들러주면 돼. 잠깐 들러서 애들 베란다에 내놓고 물만 주면 되잖아. 삼십 분도 안 걸려. 모르는 사람을 집에 들이는 게 안 내켜서 그래. 너도 알잖아. 지난번에 괜찮은 사람 같아서 부탁했다가 어떻게 됐는지.

얼마 전 집을 닷새 동안 비웠을 때, 수연은 인터넷 커뮤니티에서 매일 집에 들러 화분을 돌봐주겠다는 사람을 구했고, 그 사람에게 하루 만 원씩 총 오만 원을 선불로 지급했다. 그러니까 귀가한 수연이 거의 말라 죽

기 직전의 콩고와 산세베리아를 확인하고, 그 일로 그
사람과 거의 두 달 넘게 끝나지 않는 싸움을 벌이게 될
거라고는 수연도, 희나 역시도 예상하지 못했다.

이 많은 화분을 어디에다가 옮겨 놓을 수도 없고,
아무나 들이자니 불안하고. 오죽하면 내가 이렇게 또
부탁을 하겠어.

힘껏 닫아건 마음 한가운데에 틈이 생기고 그 틈으
로 다시금 감정이라 할 만한 것이 새어 드는 듯했으므
로 희나는 그즈음에서 다시 거절의 의사를 분명히 밝
히고 전화를 끊어버렸다. 무슨 말이든 더 듣게 되면
이끌리듯 또다시 알겠다고 말할 자신을 모르지 않기
때문이었다.

수연이 출국하던 날 희나는 잠깐 수연을 떠올렸지
만 그뿐이었다. 그 집의 널찍한 베란다를 장악하다시
피 하고 있는 화분들의 안부에 대해서는 가능한 한 떠
올리지 않으려고 애썼다. 어쨌든 수연이 책임지고 기
르는 식물들이고 나름대로 방법을 찾았을 거라는 생

　　　　　　　　　　　　　　　　김혜진

각 때문이었다.

화분들은 어떻게 하고 갔어?

그러나 이튿날 그 빈집에 주인 없이 남겨진 화분들의 안부를 물은 건 희나였다.

이틀에 한 번씩 와주겠다는 사람이 있어서 부탁했는데 연락이 안 되네. 가봤는지 어쨌는지 모르겠어. 걱정이 돼서 일이 하나도 손에 안 잡혀.

괜한 걸 물었다는 생각이 들었고 알아서 하겠지 생각했지만 전화를 끊고 나서부터는 화분들이 몸을 비틀며 말라가는, 한 번도 본 적 없는 끔찍한 상상들이 희나를 괴롭히기 시작했다. 아니, 희나를 괴롭힌 건 그런 장면을 떠올리며 수시로 마음을 졸이고 있을 수연에 대한 걱정이었다.

그제야 희나는 자신이 또다시 내부의 어떤 버튼을 겁 없이 눌러버렸다는 걸 알아챘다.

잠깐 들렀다 오지 뭐. 다 살아 있는 것들인데 말려 죽이면 안 되니까.

희나는 수연의 집으로 향하는 가파른 골목에 잠깐씩 멈춰 설 때마다 그렇게 혼잣말을 했고, 집을 비울 일이 있을 때마다 자신에게 아쉬운 소리를 할 수밖에 없는 수연의 처지를 생각했고, 어쨌거나 십오 년 넘게 수연과 나눠온 우정을 떠올렸다.

희나는 집 안으로 들어서자마자 곧장 베란다로 나가 문을 열고, 화분들을 내놓고, 흠뻑 물을 주고, 잠시 맑은 공기를 쐬어주었다. 정말 거기까지만 할 생각이었다. 그러나 자그마한 화분들이 상대적으로 키가 큰 화분들 아래 놓인 것을 그대로 두고 보기가 어려웠다. 화분들의 위치를 이리저리 바꾸며 골고루 햇볕을 쐬어주느라 그날 희나는 수연의 집에 두 시간 남짓 머물렀다.

물을 흠뻑 주었고 환기도 충분히 했으니 수연이 돌아올 때까지는 식물들이 잘 버텨주지 않을까, 생각했지만 다음 날 오후 희나는 다시 수연의 집으로 갔다. 수연이 돌아왔을 때 평소와 다름없이 건강하고 싱그러운 식물들을 마주했으면 하는 바람 때문이었다.

사실 희나는 식물에 대해서 잘 알지 못했다.

오래전 누군가 선물로 준 선인장 화분 몇 개를 들인 적이 있고, 저절로 싹이 나기 시작한 고구마를 플라스틱 물통에 넣어 길러봤지만 그게 식물을 키운 경험의 전부였다. 그러나 수연의 집 베란다 한가운데 늠름하게 자리 잡은 극락조의 줄기가 비스듬히 기울어져 그대로 두면 균형을 잃고 쓰러질 거라는 것쯤은 희나도 충분히 알아볼 수 있었다.

일을 벌이지 말아야지 생각했지만 희나는 어느새 소매를 걷어붙이고 극락조 화분 앞에 쪼그리고 앉았다. 흙을 퍼내고 삐딱하게 기울어진 극락조의 줄기를 똑바로 세운 뒤 지금보다 조금만 더 깊게 심어볼 생각이었다. 삼십 분 안에 끝날 일이라고 생각했고 어려운 일이 아니라고 여겼지만, 희나가 예상한 것보다 그 도자기 화분이 크고 무겁다는 게 문제였다.

희나는 베란다 이곳저곳을 뒤져 모종삽을 찾아냈고

그걸로 화분의 흙을 퍼내기 시작했다. 제법 많은 흙을 덜어냈는데도 극락조의 뿌리는 드러나지 않았다. 바닥으로 향할수록 입구가 좁아지는 화분 구조 탓에 어느 순간부터는 삽을 이용해 흙을 푸는 것도 어려웠다. 희나는 한 손으로 극락조 줄기를 잡고, 다른 한 손으로는 무거운 화분을 뒤집어 남은 흙을 모두 쏟았다. 화분 아래 깔린 자그마한 돌멩이까지 모두 쏟아내고 나서야 극락조를 화분 한가운데 반듯하게 세울 수 있었다.

희나는 퍼낸 흙을 두 손으로 모아 다시금 조심스럽게 화분 안에 담아 넣었다. 흙이 고루 퍼지게 하기 위해 자주 화분을 흔들어야 했고 그때마다 극락조가 쓰러지지 않게 주의를 기울여야 했다. 어디선가 피가 나고 있다는 건 나중에 알았다. 화분 바닥을 지탱했던 새끼손가락 끝에서 피가 흐른다는 걸 인지하고 나서야 쓰라린 통증이 선명해졌다. 흙이 묻은 데다 피가 계속 쏟아지고 있어서 어디를 얼마나 다쳤는지 알아

김혜진

볼 수가 없었다. 도자기 화분 바닥이 깨졌고, 깨진 화분에 새끼손가락 끝이 깊이 베였다는 건 응급실에 도착한 뒤에야 알았다.

칼에 베인 거예요? 상처가 꽤 깊은데? 어쨌든 큰일 날 뻔하셨네요. 서너 바늘 정도 꿰매야 해요. 일단 잠시 기다리세요. 지금 응급환자들이 많아서요.

의사는 핏자국으로 얼룩덜룩한 희나의 손끝을 살펴보고는 소독을 하고, 밴드를 붙이고, 지혈을 위해 손가락 아래를 고무줄로 고정한 뒤 그렇게 말했다. 희나는 환자와 보호자, 의사와 간호사 들이 뒤섞여 몹시 붐비는 응급실 복도 한쪽에 어렵게 자리를 잡았다. 누군가는 울고, 누군가는 소리치고, 서로를 찾고 부르는 목소리로 응급실 주변은 소란스러웠다. 휠체어와 간이침대가 빠르게 응급실을 드나들었고, 구급대원이 뛰어들어 오기도 했다. 그런 광경을 보는 동안엔 고작 손가락을 다친 자신의 상처는 사소한 것 같았고, 더 위급한 사람들의 처치가 끝날 때까지 기다리는 게 마땅하다는 생각이 들었다.

저릿저릿하지 않으셨어요? 이상하다 싶으면 바로 물어보셨어야죠.

그러니까 의사가 사십 분이 넘도록 복도 의자에 우두커니 앉아 있던 자신을 그렇게 나무랄 거라고는 예상하지 못했다.

네? 기다리라고 하셔서 기다리고 있었던 건데요.

의사는 서둘러 고무줄을 제거했고, 밴드를 떼어낸 뒤 상처를 살폈다. 희나의 새끼손가락은 새파랗다 못해 시꺼멓게 변해 있었다. 의사는 간호사에게 언성을 높였다.

이거 보이죠? 피가 안 통해서 시꺼멓잖아요. 이대로 더 뒀으면 그대로 괴사해요. 그럼 손가락을 잘라내야 한다고요. 그러면 누가 책임질 겁니까?

앳되어 보이는 간호사가 이렇다 할 대답이 없자 의사는 한마디 더 했다.

응급실에 환자 많은 게 하루 이틀 일이에요? 아무

리 정신이 없어도 그렇지. 상태를 잘 살펴야죠.

희나는 불그스름한 빛깔로 되돌아오는 새끼손가락을 내려다보았다. 손가락을 잃을 뻔했구나, 하는 생각이 들었고, 사십 분이 넘도록 왜 한마디 말도 하지 않고 내내 다른 사람들에게 순서를 양보하고 있었던 걸까, 하는 자책이 들었다. 생각은 매번 집을 비울 때마다 당연한 듯 화분들을 부탁하는 수연에 대한 원망으로 이어졌고, 이런저런 부탁을 할 때만 연락을 해오는 주변 사람들에 대한 미움으로 번졌다.

다음엔 참지 마시고, 이상하면 반드시 말을 하세요. 여기 응급실이라 정신없이 돌아가거든요. 먼저 말을 해야 한다고요. 아셨죠?

의사는 마취주사를 놔주며 그렇게 당부했다. 주삿바늘이 빨갛게 벌어진 속살 깊숙이 들어갔고, 희나는 이를 악 물고 통증을 참아냈다. 네 바늘을 꿰매고 응급실을 나오는 동안에도 희나는 의사에게 이렇다 할 대답을 하지 않았다.

손가락이 잘릴 수도 있었어.

근처 약국에서 약을 처방받아 나왔을 때에야 희나는 그렇게 혼잣말을 했다. 두려움과 놀라움 같은 것들로 경직되어 있던 마음이 비로소 움직이는 듯했다. 욱신거리고 따끔거리던 손끝의 통증이 한결 나아진 덕분인지도 몰랐다.

나 있을 때보다 애들 상태가 더 좋아졌네. 너 극락조도 다시 심었어? 뭐 하러 그래, 괜히 미안하게. 아무튼 진짜 고마워. 정말 너밖에 없다.

이튿날 저녁, 귀가한 수연은 희나에게 전화를 걸어 그렇게 인사했다. 그 전화를 받을 즈음엔 수연에 대한 원망은 또 거짓말처럼 사라지고 없었다. 희나는 손가락을 다쳤다고 이야기하지 않았고, 여느 때처럼 일상적인 안부를 짧게 나눈 뒤 전화를 끊었다.

다친 손가락의 통증은 차츰 잦아들었다.

일주일 뒤 실밥을 풀고 며칠이 더 지나자 상처 자국도 점점 옅어졌다. 그럼에도 이따금 새끼손가락 끝의

　　　　　　　　　　　　김혜진

감각이 둔해졌음을 깨닫게 될 때가 있었다. 아주 차갑거나 뜨거운 것을 만질 때. 손톱깎이로 손톱을 정리할 때. 습관적으로 손끝을 만지작거릴 때. 그러면 손을 벤 그날의 일이 생생하게 떠올랐고, 응급실에서 느꼈던 공포와 두려움이 되살아났다.

희나가 다시 수연의 집에 간 건 몇 달 뒤였다.

수연의 보살핌 덕분에 화분들은 여전히 싱그럽고 건강했다. 그리고 희나가 발견한 건 이전에 봤을 때보다 키가 훨씬 작아진 극락조였다.

이거, 그때 그 화분 아니야?

희나가 물었고 수연이 답했다.

귀엽지? 키가 컸을 땐 도대체 어디까지 자라나 싶어서 무섭더니, 키가 작아지니까 또 앙증맞고 귀여운 거 있지.

왜 이렇게 작아졌대, 갑자기?

아, 걔가 좀 아팠던 거 같아. 사람이랑 똑같지 뭐. 아플 때도 있고 그런 거지.

수연이 다른 화제를 꺼내는 바람에 희나는 더 묻지 못했다. 수연의 말처럼 식물도 아플 때가 있는 모양이라고 생각하고 말았다. 자신이 화분을 엎고, 뿌리를 다치게 한 탓에 극락조가 심하게 몸살을 앓았다고는 상상하지 못했다. 시들시들한 극락조를 되살리려고 수연이 며칠씩 휴가를 내며 고생을 했다는 이야기도 나중에 들었다.

왜 말 안 했어?

시간이 더 흐른 뒤 희나가 물었는데 수연은 명랑한 목소리로 대답했다.

뭐 하러 말해. 그냥 그런가 보다 하고 넘어가는 거지. 네가 일부러 그런 것도 아니잖아.

말을 해야 알지. 말 안 하면 어떻게 알아?

희나는 무심하게 대꾸했지만 마음속에서 뿌옇게 자리잡고 있던 뭔가가 깨끗하게 걷히는 느낌을 받았다. 그 순간, 어느 때보다 수연의 마음이 투명하게 들여다보였다. 자신이 그런 것처럼 수연 안에도 꺼내지 않았

　　　　　　　　　　　　　　김혜진

던 수많은 말들이 존재했다는 것을, 그런 말들이란 기다리면 어느새 또 저절로 사라져버린다는 것을, 그 기다림 덕분에 관계가 이렇게 이어진다는 것을 깨닫게 된 거였다.

김혜진

2012년 〈동아일보〉 신춘문예를 통해 작품 활동을 시작했다. 소설집 『어비』 『너라는 생활』 『축복을 비는 마음』, 중편소설 『불과 나의 자서전』, 장편소설 『중앙역』 『딸에 대하여』 『9번의 일』 『경청』 등을 냈다.

정용준   돌멩이

세신사 신 씨는 문을 열고 탕 내로 들어섰다. 고요하다. 텅 빈 목욕탕. 깨끗한 온수가 가득 찬 탕에서 희미하게 김이 피어오르고 있었다. 물기 없는 단단한 타일에서 전해지는 온기가 발바닥에 느껴질 때 신 씨는 미량의 염소가 섞인 물 냄새를 음미하며 심호흡을 했다. 폐가 크게 부풀어 올라 갈비뼈를 빡빡하게 밀어냈다. 호흡을 멈췄다. 눈을 감고 속으로 십 초를 센 뒤 후우, 길게 숨을 내쉬었다. 짝짝. 손뼉을 두 번 친 뒤 허공을 향해 말했다.

"오케이, 오케이."

티브이 전원을 켜고 채널을 뉴스에 맞춘 뒤 볼륨을 크게 키웠다. 면봉 상태를 살피고 마른 수건으로 화장대 거울을 꼼꼼하게 닦아냈다. 화장지를 채워 넣고 휴지통이 비어 있는지 한 번 더 확인했다. 통통한 치약 두 개를 꺼내 입구 근처 세면대에 올려뒀다. 중절모를 쓴 할아버지가 오른쪽 다리를 바닥에 끌며 들어왔고 뒤이어 위아래로 까만 트레이닝복을 입은 청년이 통화를 하며 탈의실

돌멩이

로 향했다. 새벽기도를 마치고 온 김 집사와 서 장로는 온탕에 들어가 눈을 감았고 서로를 꼭 닮은 늙은 남자와 더 늙은 남자는 한마디 말도 없이 서로의 등을 밀었다.

"어이 신 씨."

바닥에 떨어진 칫솔과 타월을 줍던 신 씨는 하던 일을 정리하고 침대로 걸어갔다. 오른쪽이 마비된 노인을 능숙하게 안아 침대 위로 올렸다. 수건을 알맞게 접고 장타월로 꼼꼼하게 두른 뒤 손바닥에 끼웠다. 따뜻한 물 한 바가지를 벌거벗은 몸 위로 부드럽게 끼얹었다. 노인 입에서 으으, 소리가 절로 났다.

손님이 없는 한가한 수요일 오전 열한 시, 신 씨가 좋아하는 시간이다. 채널을 돌려 동물을 보며 고구마와 삶은 계란을 먹었다. 아프리카의 벌판을 힘차게 뛰어다니는 가젤이나 높은 나무의 잎사귀를 뜯는 키 큰 기린을 보면 왜인지는 모르지만 기분이 좋았다. 푸시업 스무 개. 스쾃 스무 개. 3세트를 한 뒤 일 분 동안 전력으로 제자리달리기를 했다. 호흡이 거칠어지고 몸

정용준

에 열기가 올랐다. 신 씨는 숨을 빠르게 내쉬며 창문을 열었다. 12월의 차가운 공기와 몸에서 나는 열기가 만나 안경이 뿌옇게 흐려졌다. 신 씨는 안경을 벗어 티셔츠로 렌즈를 닦았다. 서로 다른 방향에서 날아온 비행기가 서로를 스쳐 지나간 자리. 창백한 하늘에 X 자 모양의 비행운이 남았다.

한 소년이 커다란 가방을 왼쪽 어깨에 걸치고 탈의실에 들어섰다. 누군가 발로 밟아 한쪽이 찌그러진 알루미늄깡통처럼 소년은 왼쪽으로 기운 모습 그대로 느리게 걸었다. 헝클어진 머리는 지저분했고 흙밭에서 뒹군 듯 옷과 가방에는 흙과 진흙이 묻어 있었다. 배터리가 다 된 장난감처럼 소년의 팔다리가 삐걱거렸다. 수요일 오전 열한 시 이십 분에 목욕탕에 온 학생이라. 신 씨는 신경이 쓰였다.

소년은 온탕에 걸터앉아 복숭아뼈까지만 잠기게 발

돌멩이

을 물에 집어넣고 웅크려 있었다. 피부 밑의 뼈가 드러나 보일 정도로 말랐고 또래에 비해 키도 한 뼘쯤 작아 보였다. 열다섯? 많이 잡으면 열일곱? 딱히 정리할 것도 없는데 신 씨는 탕 내를 돌며 비누 상태를 확인했고 의자의 위치를 바꿨다. 소년의 몸엔 색깔이 다른 멍이 퍼져 있었다. 등에는 희미한 반점처럼 옅은 보랏빛 멍이, 왼쪽 팔과 갈비뼈엔 진한 연필로 그려 넣은 것 같은 푸른빛의 멍이 선명히 남아 있었다. 수그리고 있어 얼굴을 확인할 수 없었지만 손등과 턱 주위엔 피부가 찢겨 생긴 상처와 피가 굳은 딱지가 보였다. 소년은 바위처럼 그 모습 그대로 앉아만 있었다. 눈은 뜨고 있었지만, 시선은 보글거리며 올라오는 물거품을 향했지만, 눈동자엔 아무것도 맺혀 있지 않았다. 신 씨는 탈의실 평상에 앉아 반쯤 남은 고구마를 먹기 시작했다. 웅덩이에 동물들이 모여 서로를 경계하며 물을 마시고 있었다. 사자도 있었고 하이에나도 있었고 코끼리도 있었고 입을 벌린 악어도 있었다. 평

정용준

화로워 보였지만 신 씨는 긴장됐다. 한 번의 움직임만으로 어떤 동물은 목덜미를 물릴 것이다. 기도가 막히면 숨을 쉴 수 없고 식도가 막히면 물을 삼킬 수 없고 혈관이 눌리면 피가 돌지 않겠지. 어? 신 씨의 시야를 가리며 느닷없이 한 장면이 끼어들었다. 몇 장인지 일일이 셀 수도 없을 만큼 많은 창문이 깨져 있는 풍경. 산산이 부서진 유리 조각으로 가득한 복도. 조심스럽게 걸어도 발밑에서 더 작게 부서지는 유리 조각들. 복도 끝에 서 있는 한 사람. 신 씨는 고개를 빠르게 흔들었다. 칠판에 적힌 글씨를 지우개로 닦아내는 것처럼. 그렇게 하면 기억이 지워지기라도 할 것처럼. 왜 갑자기 그 생각이 나는 걸까. 신 씨는 들고 있던 고구마 한 조각을 접시에 내려놓고 물을 마셨다.

소년은 이십 분째 그렇게 앉아 있었다. 신 씨는 소년의 어깨를 손가락으로 톡톡 두드렸다. 소년이 고개를 돌렸다. 실핏줄이 터져 오른쪽 눈에 핏물이 맺혀 있

었다. 신 씨는 바가지에 온수를 반쯤 담아 소년의 등에
끼얹었다. 놀란 소년은 자리에서 일어났다. 신 씨는 소
년의 팔목을 잡고 침대 쪽으로 이끌었다. 소년은 꼼짝
하지 않았다. 경계심을 품고 신 씨를 노려보기만 했다.
무섭게 쳐다보는 눈동자일 텐데 어째서인지 힘도 없
고 빛도 없었다. 약한 애가 기를 쓰니까 짠했다. 신 씨
는 한 번 더 바가지에 물을 담아 소년의 몸에 끼얹었다.
이번에는 소년이 아! 소리를 내며 인상을 찌푸렸다. 신
씨는 세신 가격표를 손가락으로 가리켰다.

"그냥 해줄게."

"……."

"괜찮아."

신 씨는 아이의 어깨에 팔을 두르며 달래는 목소리
로 말했다.

"괜찮다고."

침대에 누운 소년은 사로잡힌 강아지 같았다. 두려
워서인지 몸을 보이는 게 부끄러운 것인지 모로 누워

정용준

자꾸 웅크리려고만 했다. 신 씨는 따뜻한 물을 가득 담아 소년의 몸에 끼얹었다. 물이 닿는 순간 깜짝 놀랐지만 막상 따뜻한 물이 몸에 닿자 소년은 기분이 조금 나아지는 걸 느꼈다. 굳었던 몸과 묶여 있던 마음도 아주 조금은 풀리는 것 같았다. 신 씨는 수건으로 소년의 배꼽과 사타구니를 덮어줬다.

"돈 주고 때 밀어본 적 한 번도 없지?"

소년은 고개를 돌리고 가만히 있었다. 신 씨는 알았다. 이 애가 지금 여기에 누워 있는 건 내 말에 설득돼서가 아니라 거절이라는 것을 할 수 없어서라는 것을. 이 애는 평생 무엇인가를 거부해본 적이 없었을 것이다. 누군가 자신에게 주는 것은 그것이 무엇이든 받았고, 받아야 했고, 받아내야 했겠지. 신 씨는 가장 부드러운 타월을 골라 평소보다 섬세하고 예민하게 힘 조절을 했다. 팔을 잡고 타월로 감싼 뒤 길게 쭉 밀어냈다. 그리고 반박자씩 조금씩 잘게 나눠 툭, 툭, 앞으로 밀었다. 당길 때는 힘을 빼고 부드럽게 타월을 거둬

돌멩이

들였다. 소년은 처음엔 그것이 통증인 줄 알았다. 따가웠고 아팠다. 그런데 점점 시원함이 느껴졌다. 피부가 아픈 게 아니라 피부 밑에 든 멍이 아픈 것이었다. 신 씨는 얼음을 녹이듯 집중적으로 그 부분에 미세하게 압력을 가해 뭉친 근육을 풀어냈다. 신 씨는 한마디도 하지 않고 고도의 집중력으로 팔 하나를 끝냈고 반대편으로 넘어가 다른 팔을 밀었다. 목과 옆구리를 공략할 때는 타월을 고쳐 쥐었다. 손가락 두 개의 힘을 조절해 붓으로 털어내듯 툭툭 밀어냈다. 누군가 소년의 몸을 이런 식으로 만져준 것은 처음이었다. 이게 어떤 기분인지 비교할 경험조차 없었다. 잠들 때도 이렇게 팔다리를 편하게 늘어뜨린 적이 없었는데 지금 이 순간 소년은 완전히 방심한 마음으로 처음 만난 남자에게 온몸을 맡겼다. 신 씨는 소년의 헝클어진 머리에 조심스럽게 물을 끼얹고 시원한 멘톨 샴푸를 손바닥에 덜어 천천히 마사지하듯 거품을 만들었다. 으으. 소년의 입에서 스스로도 의식하지 못한 묘한 소리

정용준

가 흘러나왔다. 누군가 환한 꿈속으로 억지로 밀어 넣은 듯 소년은 깬 채로 좋은 꿈을 꿨다. 좋았는데, 이상하게 자꾸 눈물이 흐르려고 했다. 꿀꺽꿀꺽 마른침을 삼키듯 눈물을 삼켰다. 신 씨는 멘소래담을 듬뿍 짜내 소년의 몸 곳곳에 뚝뚝 떨어뜨렸다. 등과 팔은 손바닥으로, 옆구리와 목덜미는 손가락으로 문질렀다. 소년은 재채기가 나오려는 것을 계속 참았다. 따갑기도 하고 아프기도 하고 간지럽기도 했다. 옆구리를 만질 때는 쿡쿡 웃기도 했다. 모든 과정을 마치고 따뜻한 물을 소년에게 세 번 끼얹었다. 신 씨는 자신이 할 수 있는 것을 모두 했다. 하루에도 몇 번씩 십수 년을 해온 일이지만 이 순간만큼은 항상 기분이 좋았다. 어두운 얼굴 굳은 몸으로 침대에 누웠던 사람이 밝은 얼굴 부드러운 몸으로 일어서는 마법 같은 시간. 이십 분.

"삼만 원."

소년은 눈을 동그랗게 뜨고 신 씨를 바라봤다. 신

씨는 가격표를 손가락으로 가리켰다.

"세신은 만오천 원인데 그냥 해줬고 마사지는 받아야지."

"……돈 없어요."

신 씨는 무표정한 얼굴로 소년을 바라봤다. 소년은 신 씨의 눈을 마주 보지 못하고 고개를 떨궜다.

"그러면 어떻게 할래."

"어떻게…… 해야 해요?"

"시키는 대로 할래?"

소년은 목욕탕을 나와 무작정 걷다가 놀이터에 들어갔다. 노인 두 명이 시소를 타고 있을 뿐 아이들은 보이지 않았다. 소년은 그네에 앉았다. 앞으로 뒤로 흔들리며 방금 때밀이 아저씨가 한 말을 생각했다. 그게 무슨 개소리인가 싶었다. '뭐야. 씨발. 정신병자인가?' 소년은 못된 친구를 따라 하듯 혼자 욕을 섞어가며 중얼거렸다. 그네는 멈췄고 하늘은 푸르렀다. 몸과

　　　　　　　　　　　　　　　정용준

마음이 편안했다. 자꾸 기분이 좋아지려고 했다. 인정하고 싶진 않지만 때밀이 아저씨가 몸을 만져줄 때 정말 좋았다. 지금도 눈만 감으면 몸 곳곳에서 그 손길이 느껴지는 듯했다. 까치 한 마리가 철봉에 앉아 자신을 바라보고 있었다. 뭘 봐? 뭘 보냐고? 까치는 놀라지도 않았고 도망가지도 않았다. 때밀이 아저씨의 마지막 말이 자꾸 입술에 맴돌았다.

'마지막이 중요해. 들고만 있어야 해. 절대로 그걸로 내리치면 안 돼. 알았니?'

소년은 주변을 서성이며 적당한 돌멩이 다섯 개를 찾았다. 가방을 열었고 돌을 집어넣었다.

전화를 받고 학교로 찾아간 신 씨는 아들이 한 일에 큰 충격을 받았다. 순하고 착했던 아들. 어쩌다 친구들과 다퉈도 항상 먼저 물러서는 아들. 못된 친구가 때려도 워낙 착해서 그냥 웃고 넘겼던 아들. 그 아들이 한 짓이라고는 도저히 믿을 수 없었던 것이다. 아들이 눈을 뜰 수 없을 정도로 맞고 왔을 때 사내새끼들이란 다 그렇게 크는 거지, 라고 생각했다. 학교 가기 싫다는 애 어깨에 억지로 가방을 걸치고 등을 떠밀었다. 이런 일도 이겨내지 못하면 앞으로 이 힘든 세상을 어떻게 이겨낼 수 있겠냐고 호통도 쳤다. 아들은 무슨 말을 하고 싶은 듯 한참 신 씨의 눈을 바라보더니 입술을 꾹 다물고 순순히 학교에 갔다. 순순히 간 줄 알았는데 아니었다. 그날 아들은 신발장에 책을 모두 쏟아놓고 가방에 돌멩이를 잔뜩 집어넣었다고 했다. 일 교시가 끝나자마자 주먹만 한 돌멩이를 하나씩 던져 유리창을 박살 냈다. 그리고 가장 큰 돌멩이를 들어 자신을 괴롭히던 친구에게 다가갔다. 친구는 미안하다고 빌었다고 했다. 잘못했다고 사과했다고 했다. 하지만 아들은 그 사과를 받아들이지 않았다. 유리창을 깨듯 친구의 머리를 깼다.

신 씨는 자신이 한 일을 후회했다. 아침에 아들에게 그렇게 말하지 않았다면, 어쩌면 아들은 돌멩이를

정용준

던지지 않았을지도 모른다. 하지만 내가 뭘 할 수 있었을까. 생각하면 할수록 무력해졌다. 그때가 아니었으면 다음이라도 아들은 그렇게 했을 것이다. 돌멩이를 던져야 할 문제는 여전했을 것이고 아버지인 나는 그 문제를 해결해주지 못했을 테니까. 그땐 그걸 모르고 혼내기만 했다. 왜 마음을 다스리지 못하느냐, 내가 언제 그렇게 가르쳤느냐, 화를 냈다. 아들은 물었다. 뭘 가르쳐줬나요. 신 씨는 대답 대신 아들의 머리를 때렸다. 학교에서 상담을 하고 경찰서에서 진술을 했다. 아들은 자신이 왜 그럴 수밖에 없었는지를 설명하다가 옷을 벗었다. 그 장면을 잊을 수 없다. 잊을 수만 있다면 맹장처럼 잘라낼 수만 있다면 배를 가르고 머리를 갈라 이 기억을 없앴을 것이다. 멍으로 가득한 울긋불긋한 몸. 그동안 셀 수도 없을 만큼 많은 이의 몸을 구석구석 보고 살았는데 정작 아들의 몸을 보지 않았다. 신 씨는 태어나서 처음으로 죽고 싶다는 생각을 했다. 이런 감정을 겪으니 차라리 죽는 것이 좋겠다 싶었던 것이다. 신 씨는 그날 이후로 아들을 더 좋아하게 됐다. 이렇게 용감했다니. 이렇게 터프한 녀석이었다니. 신 씨는 이 사건 이후로 많은 것을 잃었다. 아들은 다른 학교로 전학을 가야 했고 신 씨 역시 오랫동안 근무했던 목욕탕을 옮겨야 했다. 아들이 한 일을 무마하고 책임지기 위해 나중에 집을 장만하려고 모아뒀던 적금도 헐었다. 하지만 하나도 아깝지 않았다. 아들이 머리를 박살 낸 녀석의 어머니 통장에 돈을 송금했을 때 기분이 정말 좋았다. '이러려고 그동안 그렇게 열심히 때를 밀었구나' 생각했다가 '이러려고 내가 열심히 때를 미는 거지' 고쳐서 생각했다.

　며칠이 지났고 소년이 돌아왔다. 소년은 주머니에서 만 원을 꺼내 신 씨에게 건넸다. 꼿꼿하게 서서 자신을 바라보는 소년에게 무슨 일이 있었는지 신 씨는 전혀 가늠이 되지 않았다.

　"이게 뭐니?"

정용준

"마사지값이요."

"왜 만 원이야? 삼만 원인데."

"아저씨가 시키는 거 했어요. 그런데 시키는 대로 하지는 못해서."

신 씨는 무슨 말인지 모르겠다는 듯 소년을 봤다.

"돌멩이 다섯 개 들고 갔어요. 유리창 다 깨고 큰 돌로 그 새끼 겁주려고 했거든요."

"그런데."

"유리창 두 개 깼더니 그 새끼랑 다른 새끼들이 쫄아가지고 다 도망가고 선생님이 하지 말라고 해서 관뒀어요."

"그래서?"

"그래서 뭐요."

"그 새끼들은."

소년의 표정이 거만하게 변했다.

"그 새끼들은 뭐 그 후로 완전히 쫄아가지고. 제 근처에도 못 와요. 머리 터질까 봐."

소년은 터지는 웃음을 막으려고 손으로 입을 막았다. 신 씨는 만 원을 호주머니에 집어넣었다.

"오케이, 오케이. 그 정도면 됐다. 그 정도면 됐어."

"아저씨."

"왜."

"때 미는 건 오늘도 공짜예요?"

"왜. 밀게?"

"네."

"탕에 들어가 있어. 몸 충분히 불리고. 오늘만이다."

소년은 꾸벅 인사를 하고 탈의실로 들어가려다 걸음을 멈추고 뒤를 돌아봤다.

"그런데 아저씨, 혹시 뭐 그런 거세요?"

"뭐."

"깡패나 조직폭력배 같은 그런 거."

"아니."

"그럼 뭐예요."

"세신사. 씻을 세洗. 몸 신身. 몸을 깨끗하게 만들어

정용준

주는 사람."

"아…… 알았어요."

소년은 옷을 다 벗고 어깨를 쫙 펴고 목욕탕으로 들어갔다. 얻어터져서 온몸은 울긋불긋하고 멸치같이 쪼그마한 녀석이 어깨에 힘주고 들어가는 것을 본 신 씨는 어이가 없어 웃고 말았다. 왜 저렇게 얻어맞고 다녔는지 이해할 것도 같았고 앞으로 헤쳐나가야 할 험난한 날들에 뭔가 짠하기도 했다. 세신사 신 씨는 정리하던 수건을 마저 정리하고 가볍게 두 번 손뼉을 친 뒤 목욕탕으로 들어갔다.

정용준

2009년 〈현대문학〉으로 등단하며 작품 활동을 시작했다. 소설집 『가나』 『우리는 혈육이 아니냐』 『선릉 산책』, 중편소설 『유령』 『세계의 호수』, 장편소설 『바벨』 『프롬 토니오』 『내가 말하고 있잖아』, 산문집 『소설 만세』, 동화 『아빠는 일곱 살 때 안 힘들었어요?』 등을 냈다.

이주란   우리 소미

창희 언니에게 연락이 온 것은 구 년 만이었다. 세 번 쯤 같은 번호로 연달아 전화가 올 때까지만 해도 잘못 걸려온 전화인 줄 알았는데 이어서 도착한 메시지를 보고 언니인 것을 알았다. 나는 언니의 연락이 너무 반가워서 바로 전화를 걸었다. 언니는 내게 너무 오랜만에 미안하다며 이번 주말에 시간이 되느냐고 물었다. 언니, 번호 바뀌었구나. 근데 무슨 일이 있는 거야? 아니, 일은 아니고 소미가 공연을 하는데 같이 가줬으면 해서. 그래? 어디서? 그게 좀 멀긴 한데…… 여행 겸 오지 않을래? 나는 친구들과 선약이 있었지만 다음 주로 미룰 수 있었고 언니와 함께 소미의 공연에 가기로 약속했다. 언니는 내가 정말 괜찮다는데도 통영까지 내려올 기차표며 올라갈 비행기표까지 끊어주었다.

언니, 근데 소미 올해 몇 살이지?

열한 살.

오래전 언니 집에 놀러 갔을 때 언니가 혼자 소미를 돌보느라 나 혼자 밥을 먹고 나왔던 것이 마지막이었다. 그 후로 나는 몇 번 언니에게 또 놀러 가고 싶다고 말했지만 언니는 매번 응, 다음에 다음에, 했었고 그게 벌써 구 년이나 지났던 것이다. 한동안은 내가 그날 무언가 잘못한 것이 있었는지를 곱씹어보기도 했지만 잘 모르겠어서 직접 물어보기도 했지만 그럴 리가 있느냐며 아무것도 아니라 하고는 또 연락이 되지 않아 혼자서 어려워했던 기억이 났다. 창희 언니는 내게 늘 존경의 대상이었고 의미 있는 사람이었으며 그래서 그렇게 멀어지는 것이 많이 아쉬웠었다. 나는 소미에게 줄 선물을 고심하며 며칠을 보냈다.

오랜만에 만난 창희 언니는 내 눈에 그대로였다. 언니 역시 내게 그대로라 말했지만 그럴 리가 없었다. 나는 구 년 전에 비해 이십오 킬로그램이나 살이 불어나 있었다. 운동은 하지 않고 먹고 싶은 것을 너무 많이 먹으면서 지냈어. 언니는 내게 왜냐고 묻지 않았고 다만 와줘서 고맙다고 말했다. 우리는 언니의 차를 타고 공연장으로 향했다.

이주란

소미는 주말마다 서울로 연기학원을 다니면서 지역 극단에서도 활동을 한다고 했다. 이번엔 주인공을 맡았는데 이 지역에서 가까워진 지인들을 초대하던 와중에 갑자기 내 생각이 났다는 것이다. 사람들이 많이 올 거긴 한데, 그냥 겸사겸사 너를 보고 싶기도 했거든. 언니의 말에 나는 그래도 최대한 많은 사람이 와줬으면 하는 거구나 생각하면서 우리가 대학 시절부터 목적 없이 자주 여행하던 사이였던 것이 떠올라 기분이 조금 들떠 있었다.

이번에 맡은 역할은 뭐야?

응, 요정이야.

그 말을 들은 나는 어릴 적에 〈왕자와 거지〉에서 거지 역할을 맡은 적이 있었던 것이 떠올라 소미의 요정 역할을 치켜세우며 웃었다.

나는 왕자 역할을 하고 싶었어. 거지인데 왕자의 삶을 살아보는 거지 말고.

왕자 좋지. 근데 그 이야기의 끝이 어떻게 되더라?

나는 언니의 말에 그 이야기의 끝을 곰곰이 생각했고 이야기의 결말에서 왕자의 삶은 기억해냈으나 거지의 삶은 도무지 기억해낼 수 없었다.

하기 싫어서 그랬을까? 내가 그 역할을 너무 대충 했나 봐. 기억이 안 나네.

그냥 시간이 오래 지나서 잊었을 수도 있겠다.

아닌 것 같아. 왕자의 삶은 기억나거든.

거지는 어떻게 되는지 한번 검색해줄래?

응, 언니 운전해. 내가 검색해볼게.

고마워. 모든 역할이 중요한 거니까…… 그게 갑자기 궁금하네.

소미는 요정이라 너무 잘됐다.

그냥 역할일 뿐인데 뭐.

그렇긴 한데 소미는 요정을 원했던 거 아냐? 그럼 좋은 거잖아. 내가 말했을 때 언니는 그래, 그건 그렇지, 라고 말했다.

이주란

백 석 규모의 공연장 안은 사람들로 가득 차 있었다. 꽃이나 케이크 같은 눈에 띄는 선물을 사 가면 소미가 더 기뻐하지 않을까 싶어 공연장 근처에서 살 생각이었는데 언니의 만류로 사지 못한 채로 나는 공연장에 들어섰다. 소미는 친한 이모 가족과 함께 공연을 준비하고 있었다.

지금 가서 인사할까?

끝나고 같이 밥 먹으면서 하자.

언니는 그렇게 말하고 소미에게 갔다가 한참 후에 돌아왔다. 나는 그동안 자리에 앉아 공연을 준비하며 왔다 갔다 하는 배우들과 관객들을 바라보았다. 어린이 배우들이 대거 출연하는 연극이라서 그런지 관객들의 상당수가 그들의 가족으로 보였다. 나는 문득 어릴 적에 교회에서 했던 크리스마스 공연을 떠올렸다. 그 근방에서 가장 큰 교회에 다녔던 나는 친구들과 함께 크리스마스 공연을 했는데, 공연이 끝나자 모든 친구가 기다렸다는 듯이 무대 아래로 뛰어 내려갔다. 무대 아래엔 친구들의 가족들이 한쪽 무릎을 바닥에 꿇고 두 팔을 벌려 친구들을 기다리고 있었다. 나는 어리둥절하여 그대로 무대 위에 남아 있었는데 그때 무대 아래에서 피아노 선생님이 내 이름을 부르며 두 팔을 벌려주었다. 그렇게 그 상황은 선생님에게 뛰어가 안기면서 끝이 났지만 모든 행사를 마치고 늦은 밤 집으로 가던 교회 승합차 안에서도 오롯이 혼자였던 기억이 났다. 헌금이 없어 오십 원이나 백 원을 쥔 손을 헌금함 안에 넣었다가 그대로 다시 뺐던 기억들이 속으로 얼마나 나를 오랫동안 부끄럽게 했는지도. 어린 시절의 나는 그런 순간들에도 사람들 앞에서 울지 않아 자주 칭찬을 듣곤 했다.

나는 공연이 끝나면 무대 아래에서 두 팔을 벌려 소미를 기다리겠다는 생각을 하면서 공연을 봤다. 소미는 통통 튀는 목소리로, 그러면서도 너무나 여유 있는 태도로 공연을 마쳤다. 나는 그런 소미를 바라보면서

이주란

정말로 존경심을 느꼈는데 그것은 내가 오랫동안 창희 언니가 삶을 살아가는 태도를 지켜보면서 느꼈던 감정과 비슷했다. 사실 나는 아직도 위축된 채 살아가던 어린 시절을 종종 떠올리곤 하므로 소미의 태도에 대한 존경심은 조금의 거짓도 없는 진심이었다.

공연 중간에 나왔던 소미의 솔로곡이 앙코르곡으로 울려 퍼질 때 꽃가루가 터졌다. 관객들은 크게 환호성을 지르거나 박수를 치며 무대 쪽으로 나가기 시작했고 특히 어린이 배우들은 무대 위에서 신나게 춤을 췄다.

진행자가 고개를 끄덕이며 손짓하는 것을 보니 정식 공연은 끝이 난 모양이었고 이제 자유롭게 사진을 찍고 꽃 같은 것을 주고받는 것이 허용되는 분위기였다. 나는 빈손이었지만 언니와 함께 무대 쪽으로 걸어갔다. 걸어가면서 공연장을 방문한 언니와 소미의 지인들과 짧은 눈인사를 했다. 그들은 소미를 향해 손짓을 하고 꽃다발을 흔들었다. 소미는 이쪽을 향해 손을 흔들며 웃어주었는데 나와는 눈을 마주치지 않았다.

모르는 얼굴이었으므로 당연한 일이었고 내가 두 팔을 벌릴 필요는 없었다. 소미는 내가 아닌데 옛 생각에 괜히 조금 오버를 한 것이다. 나는 창희 언니와 소미와 그들의 지인들이 함께 기념사진을 찍을 때 맨 끝에 같이 서 있다가 무대에서 내려왔다.

2회 공연을 전부 마치고 공연장 밖으로 나왔을 때는 해가 지고 있었다. 나는 언니와 언니의 지인들을 따라, 그중 한 부부가 운영하는 횟집으로 갔다. 횟집 안에는 열두 명은 족히 앉아도 될 만큼 넓은 방이 있었다. 나는 언니와 소미 옆에 앉았고 여러 종류의 회와 반찬이 나오는 동안 돌아가면서 인사를 나누었다. 그러고 나서야 소미와도 정식으로 인사를 나눌 수 있었다. 언니는 내게 회 별로 안 좋아하지, 미안해, 라고 말하며 새우튀김과 각종 해산물을 주문해주었다. 횟집 부부는 소미를 포함한 세 명의 아이가 먹을 치킨을 세 마리나 주문했다.

이주란

소미 외의 아이들 중 한 명은 이번 공연 오디션에서 탈락했으며 한 명은 소미의 친구 역할로 출연한 아이였다는 소개가 있었다. 그 얘길 듣고 보니 앙코르곡을 할 때 무대 위에서 가장 신나게 춤을 춘 아이가 바로 오디션에서 탈락한 아이란 걸 알 수 있었다.

그들은 내게 술을 따라주었다. 모두 친절했으며 대학 시절 언니와 나의 에피소드를 궁금해했다. 우리가 목적 없이 떠났던 여행 이야기를 언니가 하나둘 풀어놓을 땐 내가 이어서 덧붙이기도 했다. 치킨 세 마리가 도착했고 술자리가 이어지면서 화제는 언니와 소미에게로 옮겨 갔다. 나는 닭을 몇 조각 집어 먹은 뒤에 만난 지 몇 시간 되지 않은 소미에 대한 칭찬을 늘어놓았다. 그 칭찬의 요지는 이혼 가정의 아이로 자란 내 어린 시절과 지금의 소미를 비교하는 것이었다. 언니는 사람들을 향해서가 아니라 나를 향해 아니라고, 너도 사실은 나름 최선을 다해왔을 거고 그렇다면 잘 살아온 거라고 말했지만 나는 언니의 말을 자르며 대꾸했다.

아니, 언니. 난 잘못 살아왔어. 언니가 잘 알잖아.

그러고 나서 얼마간의 정적이 흘렀는데 나는 그 정적이 매우 익숙했다. 구 년 전 언니와 나눈 대화의 끝이 그랬다.

미주야, 네 마음은 잘 알겠고 고마운데, 나는 소미와 잘 살아보려고 이혼을 했고 물론 부족한 게 있겠지만 최선을 다해서, 그렇게 살고 있어. 오해할까 봐 걱정이 들긴 하지만, 그러니까 내 말은…… 너와는 조금 다를지도 모른다는 거야. 네가 틀렸다는 게 아니라 다를지도 모른다는 거, 다 같지는 않을지도 모른다는 거, 그것뿐이야.

미안해, 언니. 난 그런 뜻이 아니라…… 소미가 너무 걱정이 돼서…….

그래, 알아. 근데 난 너한테 뭔가를 해결해달라고 꺼낸 얘기가 아니야.

이주란

익숙한 정적이 흐른 뒤에야 나는 오래전 우리가 왜 멀어졌는지 알 것 같았다. 나는 며칠간 고심해서 고른 선물들을 꺼내 식당 카운터 위에 올려둔 뒤 밖으로 나왔다. 집에 가야겠다고 생각하며 나왔지만 현실적으로 당장 집까지 돌아갈 방법이 없어 나는 절망했다. 택시비가 얼마나 나올까? 도망가고 싶었다.

미주야, 왜 아직 그러는 거야.

따라 나온 언니가 물었다. 나는 그걸 잘 모르겠어서 아무 대답을 하지 않았다.

가려고?

아니.

가려고 선물 거기다 올려둔 거 아니야?

사실 맞아.

매운탕 나왔어.

매운탕은 좀 오래 끓여야 맛있잖아.

나는 몸을 돌려 횟집 쪽으로 걸었다.

통영은 처음이야?

응.

바닷가에는 사람들이 삼삼오오 모여 앉아 이야기를 나누고 있었다. 깜깜한 밤이었지만 필요한 곳마다 조명이 비추고 있었다. 오늘 공연 어땠어? 언니가 물었고 나는 대답하지 못했다. 공연을 보는 내내 그저 무대 위의 소미와 어린 시절의 나만을 떠올리고 있었다는 것, 나도 모르게 아주 오랫동안 버려진 것만 같던 그 마음을 해결하려고 했다는 것을 알게 되었다. 내가 정답처럼 굳혀놓은 그 시절이 문제라면 그 문제를 해명하거나 얽힌 일을 풀 당사자는 어쩌면 내가 될 수 없다는 것도.

이주란

이주란

2012년 〈세계의문학〉 신인상을 받으며 작품 활동을 시작했다. 소설집『모두 다른 아버지』『한 사람을 위한 마음』『별일은 없고요?』, 중편소설『어느 날의 나』『해피 엔드』, 장편소설『수면 아래』등을 냈다.

이유리   가꾸는 이의 즐거움

기나긴 겨울이 끝나고 드디어 봄이 찾아왔다. 멀리 공허에서 불어오는 바람에 부드러운 봄 냄새가 느껴지고, 그간 둘렀던 두꺼운 외피를 탈피한 동족들이 얇고 보드레한 간절기용 외피 차림으로 거리를 활보하는 모습은 보기만 해도 산뜻하다. 나 역시 어제 막 탈피를 마치고 가벼워진 몸으로 첫 외출을 나온 참이었다. 행성 단지에 갈 생각이었다.

봄은 누구나 좋아하는 계절이지만 특히 나 같은 이들, 그러니까 행성 가꾸기를 즐기는 이들에게는 더할 나위 없이 행복한 계절이다. 겨우내 죽은 것처럼 잠들어 있던 행성들이 여기저기서 깨어나기 시작하고, 특별히 까다로운 행성이 아니고서야 아무 우주에나 던져놓아도 쑥쑥 자라 금세 새 생명을 보는 재미를 즐길 수 있는 때가 바로 봄이다. 그러니 참을 수 있나, 새봄을 맞았으니 새 행성을 들여야지.

동족들도 대부분 비슷한 생각이었는지 행성 단지는 평소보다 더 붐비고 있었다. 아직 먼지구름 덩어리에 불과한 씨앗 행성부터 이미 위성을 여러 개 달고 있는 행성까지, 각양각색의 행성들이 저마다 미모를 뽐내며 주인을 기다리는 중이었다. 유리 플라스크에 담긴 행성들을 들었다 놓았다 하며 살펴보는 동족들 사이에 나도 끼어들어 이것저것 구경했다. 어디 보자, 끊임없이 불기둥이 솟아오르는 이 항성도 너무 예쁘고, 고리를 단 요 녀석도 정말 우아하게 생겼는걸. 마음 같아선 전부 집으로 데려가고 싶었지만 신중해야 했다. 이미 우리 집 양지바른 곳의 우주는 전부 빼곡하게 행성이 심어져 있는 터라 사 간다 해도 마땅히 둘 자리가 없었으니까. 인내심 많은 내 파트너도 과도하게 늘어나고 있는 행성에 슬슬 불만을 표하기 시작한 상황이었다. 예쁘긴 하지만 제각기 빙글빙글 자전하고 공전하는 탓에 보고 있으면 정신이 하나도 없는 데다, 어딘가에서 대폭발이 일어나는 날에는 자다가도 깜짝깜짝 놀라 깬다는 것이었다. 아마 오늘 또 새 행성을 사 왔다는 걸 알면 분명 좋지 않은 얼굴을 하겠

이유리

지. 하지만 어쩔 수 없다, 봄이 왔는걸! 작은 녀석으로
사다가 다른 행성들 틈에 슬쩍 끼워 넣으면 아마 모르
겠지. 좀 미안하긴 하지만, 어쨌든 이건 결국 파트너
에게도 좋은 일이다. 행성들이 내뿜는 각종 기체들은
우리 종족의 호흡기에 아주 좋다고들 하니까.

천천히 행성 단지를 둘러보던 나는 작고 밀도가 높
은 고체형 행성을 주로 파는 가게 앞에 촉수를 멈췄
다. 이런 거라면 괜찮지 않을까. 마침 가판대에 늘어
놓은 색색깔의 행성 중 내 눈을 확 잡아 끄는 녀석이
있었다. 조그맣고 귀여운 크기의 푸른얼음 덩어리였
다. 아직은 볼품없어 보이지만, 이런 녀석들이 막상
눈을 틔우기 시작하면 깜짝 놀랄 만큼 아름다워진다
는 걸 몇 번 경험해본 터였다. 봄에 키우기 딱 알맞은
행성이군, 생각하며 이리저리 뜯어보는데 안쪽에서
가게 주인이 나와 말을 걸었다.

"고체형 행성 찾으세요?"

"네, 작게 자라는 애로 들이고 싶은데요. 얘는 까다

롭나요?"

"까다롭긴요. 빛 조금만 쬐여주면 금방 잘 크죠. 앤 요즘 계절에 심기 딱 좋아요. 크면 얼마나 이쁜데요."

가게 주인이 내가 보고 있던 행성을 집어 들어 건네주었다. 받아 들어 살펴보니 묵직한 것이 건강하고 튼실해 보이긴 했다.

"얘는 이름이 뭐예요?"

"지구요. 얘 요즘 잘나가요. 좀 크면 새파란 표면에 흰색 무늬가 생기는데 진짜 예쁘거든요."

"물은 어떻게 줘요?"

"자주 안 줘도 돼요. 빛 좋은 데에 두면 알아서 녹기 시작하니까요. 과습에만 주의하면 딱히 문제없을 거예요."

"좋네요, 얘로 주세요."

주인이 작은 유리 플라스크를 꺼내 행성을 담아주었다. 그런데 값을 치르고 돌아서려는 참에, 깜박 잊었다는 듯이 덧붙이는 게 아닌가.

이유리

"참, 키우다 보면 표면에 작은 미생물이 생길 때가 있거든요. 너무 과도하게 번식하지만 않으면 행성 건강에 도움이 되니까, 굳이 약 치지 마세요."

"미생물이요? 징그러운 애들이에요?"

기겁을 하고 물었지만 주인은 태평하게 대답했다.

"그렇게 징그럽진 않아요. 가만 보고 있으면 귀엽기도 하고."

가만 보고 있으면 귀엽다니, 그럼 가만 보기 전까지는 귀엽지 않다는 말이잖아. 이미 내 촉수에 들어온 녀석을 어쩔 수도 없어 달랑달랑 들고 집에 돌아오긴 했지만 마음 한구석에는 찜찜함이 가시질 않았다. 어쨌든 파트너가 보기 전에 얼른 녀석을 심어야지. 우주들을 놓아둔 창가 앞을 서성거리며 적당한 자리를 물색했다. 어디 보자, 빛을 쬐여주라고 했으니 항성 가까이에 두는 게 좋겠지. 그리고 공전궤도랑 자전주기를 고려하면…… 여기쯤이 좋겠군. 나는 모종삽을 가져와 가늠해둔 지점에 다 얕게 구멍을 팠다. 처녀자리 초은

하단 안쪽의 아늑하고 습한 자리였다. 작긴 하지만 젊은 항성이 있는 데다, 이미 궤도를 잘 잡은 다른 행성들이 자라고 있는 곳이라 씨앗 행성이 성장하기에는 아주 좋은 지점이었다. 구멍 위에 지구를 얹어놓고 우주를 덮어 토닥토닥 다졌다. 그 미생물이라는 게 좀 걱정되긴 하지만, 잘 관리해주면 괜찮겠지 뭐.

새봄맞이 행성으로 지구를 고른 건 괜찮은 선택이었다. 행성 가게 주인의 말대로 지구는 금방 쑥쑥 자랐다. 항성의 빛을 받아 표면의 얼음덩어리가 녹아내리자 본래의 푸른색을 드러낸 지구는 정말 예뻤다. 어두운 우주 한가운데서 파랗게 빛나는 모습은 아무리 들여다보고 있어도 질리지 않을 정도였다. 조금 더 자라면서 증발한 수분이 지구 표면을 사르르 감싸자 흰 무늬도 점차 나타나기 시작했다. 세상에, 이렇게 예쁜 게 다 있다니! 보고 있자면 저절로 감탄이 나왔다. 게다가 키우기도 얼마나 쉬운지. 가끔 미지근한 물만 뿌려주었을 뿐, 따로 비료 한번 주지 않았는데도 알아서

이유리

혼자 잘 크는 게 대견하기 짝이 없었다.

그러던 어느 날이었다. 여느 때처럼 행성들을 손질하다 무심코 지구를 들여다보았는데, 표면에 뭔가 아주 작은 것들이 꿈틀거리고 있는 것을 발견했다. 으악! 이게 가게 주인이 말한 미생물인가? 화들짝 놀라 우주를 통째로 눈높이까지 들어 올려 자세히 살펴보았다. 촉수가 네 개 달리고 날카로운 이빨이 잔뜩 돋은 것들이 제멋대로 지구 껍질 위를 뛰어다니고 있었다. 보다 보면 귀엽다더니, 크게 징그럽진 않지만 아무리 봐도 전혀 귀여운 생김새는 아니었다. 세상에, 이게 뭐람. 내버려둬도 되는 건가? 나는 황급히 전뇌 네트워크에 접속해 행성을 키우는 동족들이 모인 커뮤니티에 들어갔다. 뇌 속에서 방금 본 지구의 시각 정보를 찾아내 올리며 이것들이 대체 뭐냐는 질문을 남기자, 금세 답글이 올라왔다.

님의 지구에도 드디어 미생물들이 생겼군요. 저것

들은 파충류 중 공룡이라는 애들인데 별로 해롭지 않아요. 서로 잡아먹으면서 적당히 개체수를 유지하니 내버려둬도 됩니다.

공룡, 공룡이라. 딱히 유해한 건 아니라니 괜찮은 걸까. 어차피 이렇게 작은 것들을 일일이 잡아낼 자신도 없긴 했지만. 나는 다시 한번 지구 표면을 들여다보았다. 답변해준 동족의 말대로 정말 큰 것이 작은 것을 잡아먹고, 나는 것이 기는 것을 잡아먹고 있었다. 이쪽에서 줄어들면 저쪽에서 번식하고, 와글와글 늘어났다 싶으면 다시 우르르 줄어드는 걸 보고 있자니 조금 신기하기도 했다, 귀엽지는 않았지만. 행성을 키우다 보니 별일이 다 있군, 중얼거리며 나는 처녀자리 초은하단을 통째로 들어 올려 잘 보이지 않는 뒤쪽에 쑥 밀어놓았다. 혹시 파트너가 미생물을 보기라도 하면 당장 갖다 버리라며 질겁을 할 게 뻔했기 때문이다.

그 뒤로 한동안 바빠서 우주를 들여다보지 못했다.

이유리

날이 슬슬 따뜻해지면서 출장이 잦아진 탓이었다. 나는 세계의 뚜껑을 관리하는 부서에서 일하고 있었는데, 더운 계절에는 뚜껑 안쪽과 바깥쪽의 기온 차이로 인해 과도하게 팽창하거나 금이 가는 부분이 생겨나게 마련이었다. 때문에 매년 여름이 오면 우리 부서 동족들 모두가 이리저리 텔레포트를 하며 바쁘게 일하곤 했고, 나 역시 마찬가지였다. 매일 녹초가 되어 집에 들어와선 씻지도 않고 그대로 수면 캡슐로 들어가는 나날이 반복되다 보니 도저히 우주를 살펴볼 짬이 나지 않았다.

느긋하게 집에서 시간을 보낼 수 있는 휴일이 찾아온 건 늦여름이 다 되어서였다. 오늘은 집에서 하루 종일 우주를 돌보며 쉬어야지, 하고 다짐했던 터라 아침에 일어나자마자 창가로 갔다. 따뜻한 날씨 덕분일까. 다행히 여태껏 무심했던 것치고는 행성들의 상태가 괜찮았다. 안 보는 사이에 무성하게 자라 위성을 몇 개나 달고 있는 녀석도 있었고, 그새 중력이 강해져 우주먼지를 끌어당겨 고리를 만든 녀석도 있었다. 자, 어디 보자. 너무 다닥다닥 붙은 위성은 적당히 떼어내고, 몇몇 행성들은 자전축을 좀 바로 세워줘야케군. 나는 섬세하게 촉수를 놀리며 행성들을 하나하나 손질하고 다듬어나갔다.

뒤쪽에 처박아두었던 지구 생각이 난 건 라니아케아 초은하단 부근에 접어들었을 때쯤이었다. 맞다, 지구! 미생물들은 어떻게 됐지? 모종삽으로 태양계를 푹 퍼 올려 살펴보는데 뭔가 이상했다. 지구 표면에 아름답게 어른거리던 흰무늬가 대부분 사라져 있었고, 그 아래 드러난 껍질은 거의 전부가 죽은 듯 어두운 파란빛이었다. 왜 이러지, 항성 빛이 너무 과했나. 지구를 자세히 들여다보던 나는 기함할 듯이 놀랐다. 이전에 보았던 공룡이라는 미생물은 온데간데없었고 그보다 훨씬 작은 생물들이 빼곡하게 달라붙어 있었다. 위쪽에는 털이 보송보송 돋아 있고 아래쪽에는 가느다란 촉수 두 개를 달고 걸어 다니는 모양이 공룡

이유리

보다 훨씬 징그러웠다. 게다가 이렇게 바글거릴 건 뭐람, 이거 괜찮은 거 맞아? 나는 몸서리를 치며 다시 한번 전뇌 네트워크에 접속했다. 행성 키우기 커뮤니티의 긴급 질문 게시판에 흰무늬가 거의 사라진 지구의 시각 정보를 올리자, 역시나 바로 답글이 달렸다.

윽, 인간이군요. 지독한 미생물에게 걸리셨네요. 얘네들은 놔두면 계속 늘어나면서 행성을 엄청나게 망가뜨려요. 게다가 행성 하나를 다 망치고 나면 옆의 다른 행성으로 옮아 가서 또 같은 짓을 벌입니다. 초기에 방제하는 게 좋은데 때를 놓치셨네요. 지금이라도 인류 전용 약품을 뿌려주세요.

세상에, 이 작은 미생물들이 그렇게 독하단 말이야? 나는 촉수 두 개로 조심조심 지구를 끄집어 올렸다. 말을 듣고 보니 이미 행성의 상태가 썩 건강해 보이지는 않았다. 이미 군데군데 푹푹 파인 흔적도 있었고 표면도 시커멓게 변한 게 어딘가 썩어들어 가고 있는 듯했다. 이런 이런, 그동안 너무 무심했구나. 그나저나 인류 전용 약품이라…… 전뇌 네트워크에 접속해 이번에는 행성용품 쇼핑몰에 들어갔다. 방제약품 코너에서 가장 별점이 높은 '인류싹싹'이라는 것을 한 통 주문하자, 곧 딩동 하는 소리와 함께 포장된 택배가 허공에서 뚝 떨어졌다. 텔레포트 택배는 배송비가 좀 비싸긴 하지만 급하니까 어쩔 수 없지. 나는 택배 상자를 뜯고 분무기처럼 생긴 통을 꺼내 들었다. 옆면에 붙은 사용 설명서를 대강 훑어보니 하루에 한 번씩 뿌려주기만 하면 되는 것 같았다. 그럼 어디 해볼까. 나는 분무기로 지구를 겨냥하고 손잡이를 눌렀다. 무색투명한 약이 미세한 방울로 뿜어져 나와 지구를 감쌌다. 음, 효과가 좀 있나? 나는 약품에 젖은 지구를 유심히 들여다보았다. 악! 그런데 이건 또 뭐야. 한쪽에서 미생물들이 우수수 죽어나가는 사이, 다른 쪽에서는 아직 죽지 않은 미생물들이 줄지어 뭔가에 올

300   이유리

라타고 있었다. 짧은 날개가 달린 원통형의 물체였다. 몇백 마리의 미생물을 태운 원통이 이번에는 끄트머리에서 빛을 뿜으며 여기저기서 날아올랐다. 경악하며 지켜보자 원통들은 호를 그리면서 지구를 빙 둘러 돌더니, 놀랍게도 지구 바로 옆에 심어둔 화성에 착륙했다. 안 되지, 안 돼. 나는 제일 가느다란 촉수 끝으로 화성 표면에 내려앉은 원통들을 꼭 집어 으스러뜨렸다. 어휴, 정말 지독한 녀석들이군. 혹시 모르니 태양계의 다른 행성에도 '인류싹싹'을 뿌려둬야겠어. 아니 아예 라니아케아 초은하단 전체에 뿌리는 게 안전할지도 몰라. 나는 아까 그 쇼핑몰에 다시 접속해 '인류싹싹'을 두 통 더 주문했다. 이거면 되겠지. 나는 들고 있던 지구를 원래 자리에 조심스럽게 내려놓고 우주를 다독다독 덮었다. 미생물이 거의 없어지고 난 지구는 벌써 조금씩 기운을 차리고 있는 듯 보였다. 다시 이전의 예쁜 모습을 되찾을 때까지 자주자주 들여다보고 돌봐야지.

지구는 아마 괜찮을 것이다. 행성들은 절대 배신하지 않으니까. 죽을 것처럼 시들시들하다가도 조금만 관심을 쏟아주면 금방 되살아나고, 바짝 마른 것 같다가도 갑자기 화려한 무늬와 위성을 보여주는 게 행성들이다. 그 기적 같은 과정이 오롯이 내 촉수를 통해 이루어진다는 게 얼마나 뿌듯한 만족감을 주는지, 아마 행성을 가꿔보지 않은 이들은 절대 모를 거다.

　　그러니 삶이 무료하다면, 요즘 들어 성취감을 느껴본 적이 없다면 당신도 집에다 행성을 하나 들이는 게 어떨까. 창가에 행성을 하나 놓아두는 것만으로 삶이 얼마나 즐거워지는지 모른다. 아마 매일 들여다보며 돌보고 쓰다듬게 될걸. 그러다가 나처럼 집 안이 온통 빙글빙글 반짝반짝하는 행성들로 뒤덮여도 책임은 못 지지만 말이다.

　　　　　　　　　　　　　　이유리

이유리

2020년 〈경향신문〉 신춘문예를 통해 작품 활동을 시작했다. 소설집 『브로콜리 펀치』 『모든 것들의 세계』, 연작소설 『좋은 곳에서 만나요』, 단편소설 『잠이 오나요』 등을 냈다.

짧은 소설 스무 권   박완서

작가의 말   정이현

                              이기호

                              김　숨

                              이승우

                              김금희

                              손보미

                              백수린

                              정지돈

                              박서련

                              최정화

                              김초엽

                              조해진

                              최은영

                              문진영

                              김혜진

                              정용준

                              이주란

                              이유리

세 가지 소원   박완서

여기 실린 글들은 70년대 초부터 최근까지 콩트나 동화를
청탁받았을 때 쓴 짧은 이야기들을 모은 것입니다. 책으로
묶어 한 번 출판한 적도 있는데 최근에 그게 절판된 걸 알고
속으로 많이 아쉬웠던 차에 마침 마음산책 출판사의 눈에 띄
어 이렇게 다시 내게 되었습니다. 과분한 새 단장을 감사하
는 마음으로 최근에 쓴 걸 몇 꼭지 더 보탰습니다.

절판된 걸 알고 마음이 아렸던 것은, 비록 짧은 이야기지만
그 속에 담아내고자 했던 작가의 숨은 뜻은 그 글이 나왔던 당
시보다 오늘날 더 유효할 것 같은 안타까움과 자부심 때문이
었습니다.

명랑하고 활달한 그림으로 책을 빛내주신 화가 전효진 님
에게 감사하며 마음산책의 눈썰미가 헛되지 않기를 빕니다.

말하자면 좋은 사람   정이현

나는 혼자서 밥을 잘 먹는 사람이다. 잘, 이라는 부사에는 두

가지 의미가 포함된다. 자주, 라는 뜻과 담담히, 라는 뜻.

식당에서 혼자 밥을 먹다가, 그러니까 숟가락으로 떡만둣국 속의 김치만두를 반으로 자르거나 토마토가 삐져나오지 않도록 모차렐라 치즈 샌드위치를 조심스레 한입 베어 물다가 고개를 들 때가 있다. 사람들이 보인다. 팔을 뻗으면 닿을 만큼 가까운 거리다. 어깨를 살짝 웅크리거나 보풀이 일어난 카디건을 무릎 위에 올려놓거나 한쪽 손을 정물처럼 탁자 위에 가만히 내려놓은 채, 모르는 사람들이 밥을 먹는다. 지금껏 몰랐고 앞으로도 영원히 모를 사람들. 그런 우리가 지금 여기 모여 있다는 것, 모르는 서로의 온기 속에서 각자의 밥을 먹는다는 것이 문득 경이롭다. 아무렇지 않은 일들만이 이 도시의 기적이다.

내가 사는 도시는 수십만 개의, 좁고 더 좁고 더더 좁은 골목들로 이루어진 곳이다. 그 골목을 혼자 걷고 있는 사람에 대하여, 살짝 웅크린 어깨와 보풀이 일어난 카디건과 주머니 속에 정물처럼 가만히 들어 있는 한쪽 손에 대하여 쓰고 싶었다. 그들이 잠시 혼자였던 바로 그 순간에 대하여.

본업을 대하는 냉정하고 엄숙한 태도에서 조금은 비켜나 자유로운 형식으로 자유롭게 썼다. 일반적인 단편소설이 200자 원고지 80~100매 사이라고 한다면 이 글들은 20~30매 정도의 분량이다. 이야기라고 해야 할지 짧은 소설이라고 해야 할지 아니면 콩트라고 하는 게 더 어울릴지 한참 고민했다. 누군가 쇼트 스토리는 어떠냐고 해서, 그게 그거 아닌가, 라고 중얼거리기도 했다. 이름이야 어떻든 상관없다는 생각이 든다. 여기 실린 글들은 이야기이기도 하고 짧은 소설이기도 하고 콩트이기도 하고 쇼트 스토리이기도 하며, 그 모두가 아닐지도 모르니까.

그럼 무엇이기를 바라느냐 묻는다면, 말하자면 음, 좋은 사람과 보내는 오후 2시 30분의 티타임 같은 것? 이라고 대답하겠다. 단 한 명에게 작은 선물이 된다면 그걸로 족하다고도.

모든 책에는 저마다의 운명이 있다고 믿는다. 마음산책 편집자들과 일하면서 이 책이 세상에 나온다면 바로 이런 방식이어야 한다고 믿게 되었다.

그림을 그리신 백두리 작가께도 특별한 감사의 인사를 전한다.

웬만해선 아무렇지 않다   이기호

짧은 소설을 묶은 책이니까, 작가의 말도 시조 형식으로 적
어보겠다.

짧은 글 우습다고 쉽사리 덤볐다가
편두통 위장장애 골고루 앓았다네
짧았던 사랑일수록 치열하게 다퉜거늘

책으로 엮어준 마음산책에 감사드린다.

너는 너로 살고 있니   김숨

이 글을 쓰던 지난 봄과 여름 산책길에서 만난 비둘기는 아
직 살아 있을까요?

인간인 내게 새의 얼굴도 늙는다는 걸 가르쳐준 비둘기에게,

나와 찰나로라도 눈빛을 나누었던 모든 존재에게,

자복하는 마음으로,

만든 눈물 참은 눈물　　　　　　　　　　이승우

이 책에 실린 짧은 소설들은 다른 소설들이 그런 것처럼 몇 줄의 메모에서 나왔습니다. 언제 발아할지, 어떤 나무가 될지 모른 채 씨앗의 형식으로 기다리고 있는 메모장 안의 모티프들. 그것들 가운데 어떤 것은 긴 소설이 되고 어떤 것은 짧은 소설이 됩니다. 메모 그대로 가공의 과정을 거의 거치지 않은 채 한 편의 소설이 되기도 합니다. 그런 작품이 여러 편 이 책에 들어 있습니다. 다른 작품의 모티프 역할을 했거나 할 가능성이 있는 것들도 몇 편 포함되어 있습니다. 처음에 산문으로 쓰였다가 소설로 몸을 바꾼 것들도 있습니다. 아예 '에세이 소설'이라는 이름으로 잡지에 연재한 작품들도 상당합니다. 10년쯤 전

에 쓴 것도 있고, 일주일 전에 쓴 것도 있습니다. 물론 오래전에 쓴 것들도 다시 손을 댔습니다. 그러니까 여기 들어 있는 모든 글은 2018년 5월의 내가 쓴 것입니다.

카프카는 맞설 수 없는 상황에 맞서야 하는 실존의 아이러니를 우화 형식에 담은 짧은 소설을 여러 편 썼습니다. 톨스토이는 이 지상에서의 참된 삶에 대한 성찰을 민화 형식에 담은 짧은 소설을 여러 편 썼습니다. 카프카의 짧은 소설은 긴 질문지와 같고, 톨스토이의 짧은 소설은 긴 답지와 같이 내게는 느껴집니다. 잘 쓴 답지를 들여다보고 있으면 질문이 생기고, 잘 만들어진 질문지를 들여다보고 있으면 답이 떠오릅니다. 카프카는 질문을 통해 대답하고, 톨스토이는 대답을 통해 질문한 것이라고 할 수 있습니다. 아니면 카프카는 대답하기 위해 질문하고, 톨스토이는 질문하기 위해 대답했다고 할까요. 사실이 그렇다면 이들의 소설에서 질문과 대답은 구별이 되지 않습니다.

내 짧은 소설들이 카프카적 질문과 톨스토이적 대답을 담고 있다고는 차마 말하지 못하겠습니다. 그러나 그들의 진지한 질문의 방식과 대답을 향한 성실한 탐구의 태도가 나를 매혹했고, 이 글들을 쓸 때 내 가슴속에 있었다는 사실은 말해도 될 것 같습니다. 혹시 이 책을 읽은 누군가 수수께끼 같은 이 세상에 대한 짧은 질문이나 희미한 대답의 실마리라도 찾아냈으면 참 좋겠다, 하고 감히 바라게 되는 것은 그 때문입니다.

책을 만드는 동안 마음산책 편집팀의 성실하고 꼼꼼한 간섭을 여러 번 받았습니다. 책을 잘 만들어 독자와 만나게 하려는 열정이 퍽 감동적이어서 자주 내 원고의 질을 저울질해볼 기회가 되었습니다. 기분 좋은 간섭이었습니다. 고맙습니다. 인상적인 그림을 통해 이 책의 격을 높여준 서재민 작가께도 고마움의 인사를 드립니다.

나는 그것에 대해 아주 오랫동안 생각해   김금희

책을 내기 전에는 으레 그렇지만 왠지 주위의 모든 것이 거

리를 두고 물러나 있는 기분이다. 여기에 실린 짧은 소설을 쓸 때만 해도 와글와글하게 일상을 채우던 사람들, 감정들, 마감에 쫓겨 이야깃거리를 찾아야 하는 때가 오면 어김없이 환대하던 우연하고도 결정적인 풍경들, 모두 어디로 가버렸을까. 그 다정하고 친절했던 것들, 하지만 가끔은 너무 가까이 있어서 들여다보다 보면 나도 모르게 손을 내밀어 밀치게 되던 마음들.

무언가를 잃어버렸음을 아프게 인정할 때에야 무언가를 쓸 용기가 생기고, 두렵지만 그 상실을 오랫동안 들여다보았을 때에야 문장들이 나갈 수 있다는 건 비참한 일도 고통스러운 일도 아닐 것이다. 그렇게 해서 어느 시절에 관한 희미한 지도를 손에 쥐거나, 이제는 더 이상 같은 거리에 있어주지 않는 사람의 사사로운 기억을 '사사롭지 않게' 기록해두는 건 항상 내가 할 수 있는 최선이니까.

그러므로 당신들이 괜찮다면 나는 아주 오랫동안 당신들에 대해 생각할 것이라고 말하고 싶다. 이야기는 계속되고 우리는 그 안에서 자주 만났다가 헤어지며 그리워도 하겠지만 끝내 서로를 다 이해하지는 못할 거라고. 하지만 그렇게 거듭되는 재회와 헤어짐 속에서도 당신들이 처음 내 마음속에 들어와 헤이, 라고 스스로의 존재를 각인시켰던 그 눈부신 순간에 대한 감각은 잃지 않을 것이다. 그것은 떠난 사람들이 우리에게서 차마 가져가지 못하는, 누군가를 사랑하고 다정함을 주었던 사람이라면 마땅히 차지해야 할 오롯한 빛이니까.

이 이야기들은 지난해에 집중적으로 썼다. 그 계절들을 넘어갈 수 있게 곁에 있어주었던 친구들에게 고마움을 전한다. 책으로 묶이기까지 동반자가 되어준 마음산책과 그림으로 함께해준 곽명주 작가님께도 감사의 인사를 드린다. 그리고 당연히 글을 읽어주는 여러분께도. 내가 다음 이야기를 쓸 수 있는 것, 도망가지 않고 여기서 쓰는 사람으로 남을 수 있는 것 모두 당신들 덕분이라는 사실을 늘 생각한다.

맨해튼의 반딧불이   손보미

  지난해 여름 나는 뉴욕에 혼자 머물렀다. 그리 긴 시간은 아니었고 열흘 남짓. 뉴욕은 세 번째 방문이었는데 혼자 간 건 처음이었다. 물론 열흘 내내 혼자는 아니었다. 뉴욕에 살고 있는 친구가 시간이 날 때마다 틈틈이 나와 놀아줬다. 뉴욕에서 머무는 마지막 저녁, 나는 홀푸드마켓에서 구입한 샐러드와 음료수를 들고 혼자서 센트럴 파크에 갔다. 해가 지면 공원 안 풀밭에 앉아 있으면 안 되는 그런 법이라도 있는 건지, 사람들은 거의 철수를 한 후였거나 철수 중이었다. 결국에는 나만 혼자 덩그러니, 풀과 나무 사이의 커다란 바위 위에 앉아서 샐러드와 음료수를 먹게 되었다. 내가 머무는 동안 뉴욕의 여름은 아주 선선했고 그날 밤도 마찬가지였다. 바람이 불었고, 커다란 나무에 붙어 있는 잎들에서 우수수 소리가 났다. 나는 천천히 샐러드를 씹으면서 허공을 응시했다. 그러다가 문득 내 눈 앞에 어떤 불빛들이 깜빡거리다가 이내 사라졌다. 저게 뭐지? 나는 안경을 고쳐 썼다. 넓은 풀밭 곳곳에서 무언가 작은 불빛이 퐁퐁퐁 솟아오르는 것 같았다. 아, 저게 뭘까?

그건 반딧불이였다.

그때만 해도, 그러니까 지난해 여름만 해도 내가 이제껏 쓴 짧은 소설들을 책으로 묶게 될 거라고는 생각도 하지 못했었다. 어떤 순간들은 그런 식으로 퐁퐁퐁, 거리면서 부지불식간에 내 앞으로 다가오는 건지도 모른다고, 지금에서야 생각해본다. 그리고 이 순간들을 오래도록 기억하고 싶다. 이 책을 읽는 사람들도 그런 순간들을 하나쯤 만나게 되었으면 좋겠다는 마음이 든다.

어쩔 수 없이, 그렇다. 그런 마음이 든다.

오늘 밤은 사라지지 말아요　　　　　백수린

며칠째 사람들에게 "다음 달에 새 책이 나올 거예요"라고 말을 하고 다녔는데 생각해보니 책이 출간되는 것이 '다음 달'이 아니라 '이달'이라는 걸 깨닫고 깜짝 놀랐다. 어릴 적부터 뭐든 잘 잃어버리곤 했던 내게는 필기구나 머리끈 같은 일상적인 사물들뿐 아니라 지갑이나 계약서처럼 제법 중요한 것들을 잃어버리는 일마저도 허다하지만 곰곰이 생각해보면 요즘 내가 가장 많이 잃어버리는 것은 시간인 듯하다.

정신없이 앞으로 걸어가다가 문득 멈춰 돌아볼 때야 비로소 깨닫게 되는 상실의 세목들. 겁 없이 손가락 걸며 주고받던 순정한 약속과 내일에 대한 무구한 믿음, 비눗방울처럼 허황하고 아름다웠던 꿈과 작은 기적에도 쉽게 수줍었던 날들은 이제 다 어디에 가 있을까.

이 책에 실린 짧은 소설의 주인공들은 모두 평범한 사람들이다. 마음을 들여다볼 겨를이 없어 자신이 무언가를 상실하고 있는지조차 알아채지 못한 채 살아가는 일상의 사람들. 어쩌면 내가 하고 싶었던 것은 그들을 대신해 마음의 풍경을 그리는 일이었는지도 모르겠다. 오늘 밤이 지나면 사라져버릴지라도 지금은 분명히 존재하는 어떤 기미와 흔적을 언어로 붙잡아두는 일.

굳은살처럼 딱딱해진 마음의 외피 아래서 벌어지는 사세하지만 결정적인 순간들을 기록하는 일.

나는 오랫동안 나의 소설 작업이 언어로 그림을 그리는 일과 닮았다고 생각하곤 했다. 내가 언어로 그린 그림이 진짜 그림으로 재탄생하는 것을 보는 것은 생각보다 더 근사한 일이었다.

나의 이야기들에 아름다운 그림을 그려주신 주정아 작가님과 짧은 소설들을 한 권의 책으로 묶어주신 마음산책에 고마움을 전한다. 게으른 작가를 끊임없이 독려해준 마음산책이 아니었다면, 이 책은 올해가 가기 전에 결코 나오지 않았을 것이다. 그리고 언제나 내게 힘을 주는 친구들과 가족, 무엇보다 이 책을 읽어주는 독자들에게도. 사소한 일에 절망하고 쉽게 낙담하는 내가 소설을 계속 써나갈 수 있는 것은 당신들이 언제나 내게 보내주는 환한 빛 때문임을 나는 알고 있다.

농담을 싫어하는 사람들　　　　　　　정지돈

2, 3년 전부터 짧은 소설 청탁이 많아졌다. 써보지 않은 형식이라 부담스러웠는데 쓰다보니 즐거워졌다. 몇몇 작품은 다시 읽으며 자주 웃었다. 내가 쓴 건데……. 독자들에게 기대해도 좋다는 의미에서 하는 말은 아니다. 내가 지은 웃음은 개인적인 성향의 것이라 다른 사람에게 통할지 모르겠다. 친밀한 사이에서 오간 실없지만 웃긴 대화 같은, 그런 글을 생각하고 쓴 건 아닌데 써놓고 보니 그렇게 됐다. 모두 성공적이지는 않다.

G. K. 체스터턴은 말했다. 근엄해지기는 너무도 쉽다. 실없어지기는 너무도 어렵다.

짧은 소설을 쓰면서 자주 떠올린 작가는 다닐 하름스와 세르게이 도블라토프다. 다닐 하름스는 박솔뫼 작가의 추천으로 알게 됐다. 세르게이 도블라토프는 세계문학을 뒤적거리다 알게 됐다. 세상은 무겁고 슬프지만 그래도 가끔은 성공적으로 실없는 작가들이 있다. 이 책으로 만족할 수 없다면 위의 작가들을 찾아 읽어도 좋겠다. 다음에 낼 책의 제목은 『아이스크림과 세계문학』이다. 아이스크림을 먹으면서 읽은 문학작품들에 대한 이야기가 될 것이고 권당 500페이지, 총 세 권이 나올 예정이다. 전례 없이 힘든 작업이라 마칠 수 있을지 걱정이다. 만약 책을 끝내지 못한다 할지라도 세계문학사에 큰 손실은 아닐 것이다. 다만 아이스크림을 좋아하는 사람들에게는 아쉬운 소식이 될 것 같다. 작가들은 놀라울 정도로 아이스크림에 대해 침묵해왔기 때문이다. 『아이스크림과 세계문학』이 그런 홀대를 종식시킬 수 있는 계기가 되었으면 좋겠다.

코믹 헤븐에 어서 오세요   박서련

군이 공통점을 꼽자면 이 정도 분량 안에서 심각한 얘기를 하기는 쉽지 않겠지, 라는 생각을 하며 쓴 소설들이다. 귀엽고 재미있게 읽히기를 바라면서.

늘 밝은 사람은 아니어서 본의 아니게 우울함을 묻혀놓은 부분들도 있다. 그런 부분을 발견하신다면 보물찾기에서 특별 상품을 찾아낸 것처럼 여겨주시기를.

그렇지만 함량을 따지자면 잘 보이고 싶다는 사심이 아마도 가장 진할 것이다. 누구에게? 아마도 당신에게.

쑥스러우니까 방금 그 말은 못 들은 걸로 하세요.

오해가 없는 완벽한 세상 　　　　　　　　　**최정화**

다른 종에 대한 애정이 간혹 더 넘치는 내게, 소설 쓰기는 인간에 대한 시선의 균형을 놓치지 않도록 붙잡아주고 있다. 소설들을 묶으면서 어떤 시기를 지나온 데에 대한 안도감을 느낀다. 각 소설마다 연결되어 있는 사람과 사연들을 떠올리면서 그들이 어디에선가 건강하고 무사하기를 빌었다.

원고를 세심히 살피고 조언해주신 성혜현 팀장님께 감사드린다. 정은숙 사장님은 삽화를 직접 그리겠다는 나의 만용을 깔끔하게 누그러뜨려주셨다. 최환욱 화가가 그려주신 삽화가 마음에 들었던 건 그림들에 모조리 눈이 없었기 때문이다. 그 시기에는 어떤 이유에서인지 나를 향한 눈들을 볼 수 없었는데 모처럼 마음 놓고 매 장면을 충분히 바라볼 수 있었다. 바쁜 일정에도 기꺼이 시간을 내어주고 정성 들여 사진을 찍어준 강소영에게 고맙다. 소설을 쓰는 동안 가만히 내 등을 지켜 봐주는 고양이 먼지에게도 감사를 전한다.

마음의 작용으로 인해 일어나는 다양한 에피소드들을 담았다. 마음의 해부도를 그리는 동안 10년의 세월이 흘렀다. 여기는 오해가 없는 완벽한 세상. 자신의 생각과 마음을 전적으로 믿어버린 인물들의 비극이 펼쳐진다. 초현실주의 그림을 감상할 때처럼 이야기에 빠져들지 말고 숨어 있는 오류와 모순을 명쾌하게 찾아낼 수 있기를 바란다.

소설 속에 두 사람의 실존 인물이 등장하는데 누군지 맞혀보는 재미가 있을 것 같다. 이 소설집이 읽는 이들에게 먹기 힘든 날도 소화할 수 있는 양념 같은 친구가 되어준다면 좋겠다.

행성어 서점   **김초엽**

짧은 소설들을 한데 모아놓고 보니 유독 단숨에 써 내려간 글들이 많았다. 소재를 정하고 어떤 내용으로 쓸까 몇 날 며칠 끙끙 고민하던 시간은 제쳐두더라도, 일단 첫 문장 쓰고 마침

표 찍은 다음에는, 끝까지 단숨에.

수년 동안 노트에 잠들어 있었지만 어떻게 소설로 옮겨야 할지 도저히 감이 오지 않던 아이디어들이 이상하게도 '짧은' 소설이라는 제약을 걸어주면 스르륵 문장이 되어 풀려나온다. "이렇게 짧은데 완벽한 이야기를 쓸 수는 없을 테니까, 그냥 나에게 좋은 이야기를 쓰자." 그렇게 어깨에 힘 빼고 출발해야 도달할 수 있는, 산뜻한 이야기의 마을이 있는 것 같다.

이 소설들은 모두 그 마을에서 수집해온 이야기들이다. 홀가분히 가벼운 짐만 꾸려 떠난 휴가처럼 이 책을 즐겨주시기를.

우리에게 허락된 미래　　　　　　조해진

제가 사는 집 근처에는 40여 년 동안 건재한 제법 큰 시장이 있습니다. 3년 전 이 집을 보러 왔을 때, 시장이 뿜어내는 에너지에 위안을 받은 기억이 납니다. 저렴한 식재료와 눈 닿는 곳마다 있는 먹거리를 구경하며 이 동네에 살면 적어도 굶지는 않겠다는 안도 어린 생각도 했죠. 날마다 시장을 오가며 여름에는 납작한 중국호떡을, 겨울에는 붕어빵을 파는 할머니와 땅콩과 튀밥에 정통하고 길고양이 한 마리를 돌보는 아주머니에게는 종종 안부도 묻게 되었습니다. 주말이나 명절 즈음 시장은 여전히 북적이지만, 샛길로 조금만 벗어나도 빈 점포가 눈에 띄곤 합니다. 폐업, 점포 정리, 폭탄 세일, 마지막 기회, 그런 글씨들이 굵은 매직으로 쓰인 쇼윈도를 발견하는 날도 점점 많아지고 있죠.

2년여 전부터 균열이 생기고 조금씩 무너지고 있는 이 세계의 귀퉁이에서 우리는 어떤 자세로 살아가야 하는 건지 자주 고민하곤 했습니다. 『우리에게 허락된 미래』는 실은 '허락하고 싶지 않은 미래'의 다른 표현인지도 모르겠습니다. 허락하고 싶지 않아서, 미래 세대가 현재의 과오와 남용에서 자유롭기를 바랐기에, 이 소설집에 실린 작품들을 한 편 한 편 완성해갈 수 있었습니다.

가깝거나 먼 미래로의 이 여정을 가능하도록 해준 마음산 책과 김수경 편집자님에게 감사드립니다. 아울러 2008년에 계간 〈문예중앙〉에 발표한 「CLOSED」를 새롭게 선보일 수 있다는 것이 이 소설집을 구상하고 완성하는 데 큰 동기와 용기로 작동했음을 밝힙니다. 「CLOSED」는 신인 시절 열정 하나로 쓰고 발표한 작품이었지만 지난 18여 년 동안 그 어떤 소설집에도 실을 수 없었습니다. 먼 미래에 혼자 남겨진 한 사람의 이야기가 동시대의 어두운 현장이나 과거의 이미 봉쇄된 서사에 집중해왔던 그간의 제 작업과 겉돈다고 생각해서였습니다. 그 외에도 차곡차곡 상상해온 이야기가 이 소설집에는 담겨 있습니다. 누군가에게 이 이야기들이 향유하고 싶고 기억하고 싶은 또 하나의 영토가 되기를 바랍니다.

오늘은 어제보다 더 행복하길, 이 책을 읽는 모든 분들께 인사합니다.

비록 우리는 '팬데믹'이라는 뜻밖의 생의 조건에 저마다 어리둥절한 채로 2020년대를 맞았지만 웃고 웃으며, 내일, 또 다른 내일, 문장과 문장 사이의 공유지에서 다시 만나기를 바랍니다.

그 진심을 담았습니다.

애쓰지 않아도   최은영

오랜 시간 동안 여러 곳에 발표했던 글들을 모아놓으니 자연스레 지난 기억이 떠오른다.

낯선 해변에서 답 없는 미래를 고민하던 기억(「데비 챙」), 목적지 없이 정신없이 걸어 다니던 기억(「한남동 옥상 수영장」), 떠난 고양이를 애도하던 기억(「임보 일기」 「꿈결」 「무급휴가」), 친구와의 관계에서 솔직할 수 없던 기억(「애쓰지 않아도」 「숲의 끝」), 폭력적인 공익광고를 보던 기억(「손 편지」), 병아리를 키우던 기억(「안녕, 꾸꾸」), 고기를 먹지 못했던 어린 시절의 기억(「호시절」)…….

글쓰기 호흡이 긴 나에게 짧은 글쓰기는 매번 큰 도전으로 다가왔다. 의식하지 않으면 몸에 힘이 들어가서, 순간순간 멈춰 최대한 힘을 빼고 경직되지 않으려 했다. 억지로 애를 쓰고 힘을 들이면 삶도, 글도 더는 손에 잡히지 않는다는 사실을 경험을 통해 알게 되었기 때문이다. 있는 모습 그대로를 존중하는 일, 그것이 내가 내 글과 나에게 보여야 할 유일한 태도라는 것을 글을 쓰는 과정을 통해 배웠다. 무리해서 애쓰지 않고 자연스러운 호흡을 따라가려 했다.

20년 전, 대학 신입생이었던 나는 사회구조의 잔인함에 마음을 다치면서도 시간이 지나면 많은 것들이 나아질 거라고 희망하곤 했다. 하지만 시간은 아무것도 보장하지 못했다. 지난 20년 동안 세상이 조금이나마 나은 쪽으로 변했다면, 목숨을 걸고 싸운 사람들의 끈질긴 노력 덕분이다. 그 과정에서 어떤 사람들은 실제로 자기 목숨을 내놓기도 했다.

최소한의 권리를 요구하는 사람들에게 너희는 이미 충분히 가졌으며 더는 요구하지 말라고 말하는 이들을 본다. 불편하게 하지 말고 민폐 끼치지 말고 예쁘게 자기 의견을 피력하라는 이들을 본다. 누군가의 불편함이 조롱거리가 되는 모습을 본다. 더 노골적으로, 더 공적인 방식으로 약한 이들을 궁지로 몰아가는 사람들의 모습을 본다. 인간성의 기준점이 점점 더 내려가는 기분을 느낀다. 이제 나는 더 이상 시간이 지나면 자연스레 많은 것들이 나아질 것이라고 믿지 않는다. 힘을 더해야 한다.

내게 내 이름을 걸고 글을 쓰는 일은 두려운 행운이었다. 내 목소리를 허투루 쓰지 않고, 내게 주어진 빈 페이지를 언제나 기도하는 마음으로 대하는 작가로 살고 싶다. 좋은 기회를 주신 마음산책과 그림을 그려주신 김세희 작가님께 감사하다. 내게 매일 사랑을 가르쳐주는 미오와 포터, 고양이 별에 있는 레오와 마리에게도 특별한 사랑을 보낸다.

우리는 더 사랑할 것이다.

눈감지 마라 　　　　　　　　　　　　　이기호

2017년 1월부터 2021년 크리스마스이브까지, 꼬박 5년 동안 한 일간지에 연재한 소설을 책으로 묶는다. 교정을 보면서 몇몇 꼭지는 아예 빼버렸고, 또 어느 대목은 완전히 다르게 고쳐 썼다. 여름 내내 그 작업을 하다가 혼자 살짝 놀라기도 했는데, 그때마다 '뭐지? 왜 갈수록 더 엉망이지?' 같은 말들을 종종 웅얼거리기도 했다. 그건 나 자신에게 하는 말이기도 했고, 내 또래, 혹은 내 윗세대들에게 하고 싶은 말이기도 했다.

짧은 소설은 대체로 섬광처럼 나타나는 '순간'이나 '사건'에 집중하기 좋은 장르이지만, 아무래도 '인물'에 대해선 깊이 들어갈 수 없다는 단점이 있다. 그 단점을 돌파해보고자 지난 5년 동안 소설 속 두 인물, '전진만'과 '박정용'의 뒤를 부지런히 쫓아다녔는데, 지나고 보니 내가 기록한 것은 그 친구들이 아닌, 그 친구들의 '흐르는' 시간뿐이었던 것 같다. 나는 겨우 그것만 할 수 있었다.

그 친구들의 시간이 이렇게 흘러가게 될지, 나 역시 예상하지 못했다.
그러니까 내가 놓친 것은 시간이란 '흐르는 것'만이 아닌, '쌓이는 것'이라는 사실이었다. 그 친구들의 쌓인 시간을 내가 제대로 보지 못했다는 것, 그것을 이제 와 자인할 수밖에 없다. 부끄럽지만 나는 처음 농담을 건네는 마음으로 이 글을 시작했다. 물론 지금은 아니다. 조금 더 진지하게 생각하기 시작했다.

'지방'과 '청년'은 정치인들이 선거 때마다 즐겨 찾는 단어이기도 하다. 그때의 '지방'과 '청년'은 한데 뭉뚱그려졌다가 곧 사라져버리는 대상이기도 하다. 작가는 좀 다르다. 작가에겐 애당초 보편적인 '지방'과 '청년'은 존재하지도 않는다. 각기 다른 지방과 각기 다른 청년만 있을 뿐이다. 이야기는 늘 거기에서부터 시작되는 법이다. 나는 지방에서 태어났고, 지방에서 성장했으며, 지금도 지방에서 살고 있다. 그건 누구도 나에게서 빼앗아갈 수 없는 내 감수성의 원천이기도 하다. 나는 그거 하나에 의지해 글을 쓰고 있다. 아마 앞으로도 그러할 것이다.

마음산책 출판사와는 벌써 세 번째 작업이다. 쌓인 시간만큼이나 애정의 크기도 달라진 것을 느낀다. 문학이란, 책을 내는 전 과정까지 포함하고 있다는 것. 그것을 또 한번 배운 시간이었다.

모두에게 감사드린다.

햇빛 마중   문진영

일러스트레이터 박정은 작가님과 나는 13년 전 가을, 일본 도쿄의 한 게스트 하우스에서 만났다. 4인실에 투숙객이 우리 두 사람뿐이었다. 낯선 이와 그렇게까지 편안하게, 빠르지만 빠르다고 느껴지지 않는 속도로 가까워진 경험은 나로서는 처음이었다. 약 일주일간 따로 또 같이 여행한 후 나는 호주로 떠났고, 정은 작가님은 한국으로 돌아갔다.

이듬해 여름, 나는 등단작 『담배 한 개비의 시간』을 썼다. 첫 책의 표지 일러스트를 정은 작가님이 그려주었다. 이후 10년 만에 나온 두 번째 책도. 그간 정은 작가님 역시 네 권의 책을 세상에 내놓았다. 서로의 궤도가 겹친 그날 이후로 지금까지 우리는 서로의 날들을 곁에서 지켜보며, 응원하며 지내

왔다.

『햇빛 마중』은 작가님과 내가 처음부터 끝까지 온전히 함께해낸 작업이기에 더욱 의미가 깊다. 2020년 한 해 동안 우리는 '이상한 계절 프로젝트'라는 이름으로 온라인에 글과 그림을 연재했다. 내가 원고지 10매 내외의 짧은 소설을 쓰면, 정은 작가님이 그것을 읽고 떠오르는 이미지를 그렸다.

서로에게 작업물을 건네주고, 건네받고 하는 과정은 탁구공이 네트를 똑딱똑딱 넘나들 듯 경쾌했다. 꽤 괜찮은 랠리였다.

여기, 두 사람이 나란히 서 있다. 그들 위로 햇볕이 내리쬐고, 바람이 지나간다.

이번에는 소나기가 내려 모두 홀딱 젖었다고 하자.

동시에 비를 맞아도 두 사람은 다르게 젖을 것이다.

계절은 모든 인간을 각기 다른 모양으로 지나간다. 인간은 누구나 고유한 방식으로 이상하니까. 계절은 한 사람 한 사람을 통과하며 낯설게 아름다워진다. 프리즘을 경유한 빛처럼,

경계를 가늠할 수 없을 정도로 무수하게 다채로운 빛깔로.

내가 소설을 읽고 쓰는 까닭도 거기 있는 것 같다. 어떤 시공간에 놓여 있는 한 사람의 마음을 들여다보는 게 좋아서. 삶에서든 글쓰기에서든, 무디고 참을성 없는 내게 그건 여간 어려운 일이 아니지만 그래서 또 해볼 만한 일이다.

당신은 지금 어떤 계절을 지나고 있습니까. 괜찮은가요.

가만히 물어보는 일. 그리고 귀를 기울이는 일.

그러는 동안 나는 마치 햇빛을 마중하러 가는 듯한 마음이 된다. 한참을 귀 기울이다 보면 비로소 누군가의 마음이 어렴풋하게 모양을 드러내니까. 밤하늘이 서서히 밝아지듯이.

마음산책 편집부와 책 작업에 시간을 보태주신 모든 분께 감사드린다. 나의 고양이 뚜루뚜뚜에게 이 책을 바친다.

완벽한 케이크의 맛   김혜진

데뷔한 지 얼마 되지 않았을 때였다.

글이 써지지 않는다고 투덜거리다가 이런 이야기를 들었

다. 지금 네 나이에 어떻게 글이 잘 써지겠느냐고, 나이가 더 들어야 한다고. 나는 그것이 어른들이 흔히 말하는 어떤 경험치에 관한 이야기라고 여겼다. 너는 아직 숙련공이 아니므로 요령과 노하우를 더 쌓아야 한다는 흔하고 뻔한, 그래서 다소 맥 빠지는 말이라고 생각했다.

시간이 더 흐른 뒤 나는 그 말을 다른 방식으로 이해하게 되었다. 그건 단순히 실력을 쌓는 차원의 문제가 아니라 시간을 감각하는 방법에 관한 이야기가 아니었을까 하고.

모든 이야기는 한 지점에서 다른 지점으로 흐른다. 그리고 그 방향과 속도에 따라 각기 다른 흐름이 만들어진다. 어디로, 어떻게, 얼마나 흐르느냐에 따라 전혀 다른 이야기가 되는 것이다. 모든 이야기는 느닷없이 방향을 틀고 예상치 못한 지점을 통과하며 의외의 지점에 다다를 수 있다.

그러니까 오래전 내가 들었던 그 말은 시간이 품은 가능성을 고민하라는 뜻이 아니었을까. 모든 서사를 내 좁은 상상 안에 가둬두지 말라는 충고가 아니었을까. 나이가 더 들어야 한다는 말은 쓰는 일이 아닌 사는 일을 통해 그것을 깨우치라는 의미가 아니었을까.

어쩌면 이 책에 실린 소설들은 막 어떤 흐름을 만들기 시작한 순간일지도 모르겠다.

얼마든지 어디로든 갈 수 있는 상태. 늘 어떤 결론에 이르러야만 소설이 끝난다고 믿었는데, 어떤 이야기들은 가능성을 품은 채 그대로 둘 수 있다는 것을 이 소설들을 쓰면서 배웠다. 이 이야기들이 독자에게 가서 다채롭고 풍성하게 완성되면 좋겠다.

이 소설집의 제목이기도 한 「완벽한 케이크의 맛」에 대해 짧게 언급하고 싶다.

처음 이 작품에 내가 붙인 제목은 '하지 않아서 좋은 일'이었다. 뭐든 시도하고, 도전하고, 가능한 한 후회할 일을 만들지 않는 게 더 가치 있는 것처럼 느껴지는 시대지만, 이 소설을 쓰는 동안엔 하지 않아서 좋은 일들이 더 많을 수 있다는 생각을 자주 했다. 소설 말미에 두 사람은 조각 케이크 하나를 두고 나란히 앉는다. 그 장면이 하지 않은 일에 대한 멋진 보상처럼 느껴져 출판사에 원고를 보낼 때 제목을 '완벽한 케이크의 맛'으로 바꾸었다. 그것이 책의 제목이 될 거라고는 예상하지 못했는데 지금은 이 책에 어울리는 이름 같다.

원고를 애정 어린 눈으로 살펴준 마음산책에 고개 숙여 감사드린다. 박혜진 그림작가님에게도 고마운 마음을 전하고 싶다.

저스트 키딩   정용준

여름밤이다. 창문으로 바깥을 보면 바깥은 안 보이고 내 얼굴이 반사된다. 불을 다 끄고 방이 완전한 밤으로 물들면 창문은 창이 되어 저 바깥을 보여준다. 나무도, 풀도, 돌도, 가끔 집 근처까지 내려와 눈 마주쳐주는 산짐승도, 수심 깊은 길고양이도, 잠 없는 새도, 투명한 그림자가 되어 바람에 흔들린다. 출렁이는 파도처럼. 파르르 떠는 깃발처럼. 꿈인가 싶어 창문을 열었는데 열리지 않았다. 열릴 리 없지 그건 거울이었으니까. 거울을 보다가 잠든 사람은 꿈을 꾸는 게 아니라 꿈이 된다는 동화를 읽은 인물이 등장하는 이야기를 노트에 메모했는데 그 노트가 어디에 있는지 찾을 수 없다. 그래서 울적한 나는 어느새 노인이 되었네.

　그러니까 소설들은 죄다 이런 식으로 시작되어 저런 식으로 끝이 났다.

　낙서에서 이야기로. 일기에서 편지로. 고백에서 함성으로. 그림에서 문장으로. 산책에서 여행으로. 비명에서 음악으로. 혼잣말에서 귓속말로. 새벽에서 아침으로. 끝에서 시작으로.

　깊은 구멍에 빠진 인물. 그림자가 너무 긴 문장. 까맣게 타 버린 장면. 처음과 나중을 잃어버린 이야기. 어떤 소설은 고민 끝에 뺐고, 어떤 소설은 장면과 내용을 교체했고, 어떤 소설은 인물의 이름과 목소리가 달라졌고, 어떤 소설은 단어 두 개를 놓고 고민했고, 어떤 소설은 작가의 마음을 바꿨고, 어떤 소설은 어느 밤 공원을 걷다가 돌아와 다시 썼다. 그렇게 조금씩 달라진 것들이 더 좋아졌다고 자신할 수 있습니까? 라고 누군가 물었을 때 소설에게 물어보세요, 라고 답할 수 있는 여유와

유머가 내게도 생겼으면.

소설小說은 작은 이야기다. 그 말이 좋고, 뜻은 더 좋고, 글자의 모양과 생김새는 더 더 더 좋다. 내게도 '짧고 작은 이야기책'이 생겼다. 앞으로 기분이 좋을 예정이다. 가끔, 문득, 불쑥, 자주, 행복할 것이다. 뿌듯한 마음으로 스페이스바를 누르고 경쾌하게 엔터키를 누를 것이다. 어쩔 수 없이 백스페이스키를 눌러야 하는 순간이 오더라도 두려워하지 않는 글쓴이가 되고 싶다. 이제 더는 소설이 좋다느니 소설을 계속 쓰겠다느니 같은 다짐과 결심은 하지 않을 테다. 다짐 없이도 살고 결심하지 않고도 쓰는 이 삶이 내게 읽을 것과 쓸 것을 계속 줄 것을 알고 있으니까.

글을 깊이 들여다보고 좋은 의견과 쓸 수 있는 용기를 준 김수경 편집자님, 소설에 어울리는 아름다운 그림을 그려주신 이영리 작가님, 이 책을 근사하게 만들어주신 마음산책 출판사, 읽어주실 아마도 멋진 독자님들, 마음 다해 감사합니다.

읽고 쓰는 이 삶의 다정한 친구가 되어 함께 언어로 짓고 놀고 살았으면, 그랬으면 좋겠습니다.

좋아 보여서 다행   이주란

지난해의 마지막 날이었다. 만년필로 일기를 쓰는데 갑자기 잉크가 나오지 않았다. 다시 펜촉의 방향을 잡아가며 써보아도 마찬가지였다(만년필 사용법을 잘은 모른다). 어차피 혼자 볼 거여서 나는 그대로 일기 쓰기를 계속했다. 다른 펜을 가지러 가기가 귀찮은 것도 있었지만 이대로도 옅은 자국이 남으니, 읽고 싶을 때 조금 노력을 하면 읽어낼 수 있을 것 같았다. 그 일은 그날 밤 "흰 종이에 흰 글씨를"이라는 메모로 남았고 나는 이 책의 가장 마지막 소설의 마지막 문장에 그것을 적었다.

5~6년 전, 아니면 4~5년 전 보았던 임수연 작가님의 그림이 떠오른 것은 마지막 원고를 넘기고 이틀쯤 지났을 때였다. 기억 속 그 작품은 만화의 형식으로, 흰 종이에 흰색에 가까운 색으로 그려진 그림이 있었고(그 색조차 점점 옅어졌던 기억이다) 그림마다

글도 있었다. 당시 그 작품에 크게 감명받아 어느 짧은 글을 썼을 때 동의를 구하고 사용하였던 기억도 함께 떠올랐다.

내가 우연히 흰 종이에 흰 글씨를 썼다면 임수연 작가님은 어떤 마음으로 그런 그림을 그리고 글을 쓰셨을까 짐작해보다가 지난겨울, 함께 편백나무 숲을 걷던 날을 떠올렸다. 분명 가볍게 동네 산책을 가자고 해놓고 차를 타고 20~30분을 이동한 뒤, 글쎄 경사가 얼마나 가파른지 시내가 전부 내려다보이는 정상까지 뒷짐을 지고 유유히 앞서 걷던 그 뒷모습.

물론 작가님은 계속 땀을 흘리는 내게 쉴 벤치를 찾아주며 연신 미안하다고 하셨고, 그때마다 나는 속으로 뭔가 예측이 안 되는 채로 끌려다니는 느낌이 낯설고 재밌다는 생각을 하면서 "땀은 나지만 정말이지 공기가 깨끗해서 기분이 참 좋다"라고 말했지만, 사실 난 다음 날 지독한 몸살에 걸리고 말았다(함께였기 때문에 예측이 되지 않는 상황도 즐거웠다는 것, 그날 그 순간의 날씨와 햇살과 재미난 이야기들 덕에 기분이 좋았던 것은 진심이다).

그렇게 중간은 좀 다른 얘기들뿐이지만 「숲」이라는 소설에 나오는 "저기 조금 굽기도 한 게 소나무, 쭉 뻗은 게 편백나무예요"라는 대사와 "면밀히 관찰한 결과, 물닭의 먹이를 갈매기가 먹더군요"라는 메시지는 임수연 작가님이 실제 내게 했던 말들임을 밝혀두고 싶다. 난 물닭이 뭔지 아직도 잘 모르지만 그 두 문장을 소설의 앞뒤에 놓고 보니 어지럽던 마음속이 깨끗해진 것 같았다는 고백도 함께 전한다.

요즘 나는 마음이 조금 구겨져 다소 활기차지 않은 상태이긴 하지만 이런 봄 깊은 밤에 소설을 쓰고 있다는 것에, 임수연 작가님과 함께 책을 만들 수 있었다는 것에 매일 감사하고 있다. 글을 쓰는 동안 도와주신 마음산책에도 깊은 감사를 드린다.

그날 나는 임수연 작가님의 망원경을 빌려 마음껏 남쪽 바다를 바라보았다.

웨하스 소년   이유리

내가 새까맣게 탄 어린이였을 적, 잠시 산골에 살던 때의 일
이다. 시간은 많고 같이 놀 친구는 없어 소일거리라고는 그저
혼자 돌아다니는 게 유일했는데 그러던 어느 한낮 냇가에서
웬 음료수 캔 하나를 찾아냈다. 겉은 낡고 이리저리 찌그러져
있었으나 묵직했고 틀림없이 새것이었다. 귀에 대고 흔들어보
니 안에서 찰랑찰랑, 반짝반짝 하는 소리도 났다. 나는 무심코
그것을 따려고 캔 고리에 손가락을 집어넣었다. 그러자 캔 안
에서 새된 목소리가 들렸다.

"열지 마! 열지 말라고!"

나는 캔을 손아귀에 쥔 채 잠시 고민하다가 대꾸했다.

"그래도 궁금한데."

"내 알 바 아니잖아, 무례하긴. 열지 말란 말이야. 나가고 싶
지 않다고."

"그러면 나도 알 바 아니지."

손가락에 힘을 주자 캔 속의 존재는 으아악, 하고 비명을 지
르며 마구 날뛰었다. 그래보았자 내 손아귀엔 큼직한 벌이 툭

툭 부딪히는 듯한 느낌만 전해질 뿐이었지만.

"알았어! 알았다고. 제발 부탁이야. 열지 말아줘. 대신 다른 좋은 걸 알려줄게. 그게 더 재미있을 거야, 응?"

"그게 뭔데?"

재미라는 말에 귀가 솔깃해진 나는 손가락을 가만두었다.

"그래, 이건 어때? 네가 나중에 커서 뭐가 될지 가르쳐줄게. 인간들은 그런 거 좋아하지 않아? 어때? 너도 좋지? 재미있겠지?"

"흠, 좋아."

"그래, 약속한 거다. 그럼 캔을 양손으로 꼭 쥐고 눈을 감아봐."

캔 속의 존재가 말했다. 나는 시키는 대로 양손을 모아 쥔 채 눈을 감았다. 그러자 다음 순간 갑자기 사방이 고요해졌다. 시냇물 흐르는 소리도, 나뭇잎을 뒤흔드는 바람 소리도 멈추었다. 그때 내가 감각할 수 있었던 것은 오로지 목덜미로 쏟아지는 늦여름의 햇빛뿐이었다. 무한한 빛, 모든 것을 아낌없이 골고루 덮히는 열기……

잠시 후 캔 속의 존재가 말했다.

"……흐음, 흥미롭군. 동시에 전혀 흥미롭지 않기도 해."

"그게 무슨 말이야?"

"너의 삶은 사랑으로 가득하지만, 사랑은 곧 동량의 고통이기도 하지. 너는 많은 것을 갖지만 네가 가진 것들은 널 수시로 괴롭힐 거야. 너는 아름답지만 네 추한 마음을 가릴 수 있을 만큼 사랑스럽지는 않고, 너는 굳건하지만 네 머릿속의 폭풍을 멎게 할 수 있을 만큼 강하지는 않을 거야."

나는 방금 들은 말을 곰곰이 곱씹으며 이해하려고 애썼지만, 물론 전혀 이해할 수 없었다.

"그래서 나는 뭐가 된다는 건데?"

그러자 캔 속의 존재는 시큰둥하게 대답했다.

"아아, 너는 이야기를 지어내는 사람이 될 거야."

"에이, 그게 뭐야."

실망한 나는 어깨를 축 늘어뜨렸다. 당시 내 꿈은 모험가였다. 정글을 탐험하며 새로운 동물을 발견하고 그것에 내 이름을 붙여주는 일 말이다. 그런데 이야기라니, 고작 그런 걸 만

들어내는 사람이 된다니.

"아무튼 약속은 지켰어. 이제 날 혼자 있게 해줘."

캔 속의 존재가 말했다. 그래, 약속은 약속이니까. 나는 캔을 꼭 쥐고 냇물 한가운데로 걸어갔다. 양팔이 다 잠길 만큼 깊은 곳에 다다라, 바닥의 미끄럽고 큰 돌을 몇 개 들어내고 모래 바닥에 푹 파인 구멍에다 캔을 내려놓았다. 다시 돌을 덮은 뒤 살펴보니 감쪽같았다. 이만하면 됐겠지. 나는 저벅저벅 물 밖으로 걸어 나왔다.

세월이 흘러 어른이 되었을 때, 내가 그 시냇가를 다시 찾아갔음은 말할 것도 없다. 물론 작은 삽과 양동이, 물안경을 챙겼다. 여름휴가를 전부 투자해서라도 그 캔을 다시 찾아낼 작정으로. 하지만 소용없는 짓이었다. 그 시내는 이미 메워진 지 오래였고 그 위에 웬 북유럽풍 펜션 한 채까지 떡하니 지어져 있었으니까.

그러니까 뭐, 그렇게 된 것이다.